よろず屋稼業　早乙女十内(一)

雨月の道

稲葉　稔

幻冬舎時代小説文庫

雨月の道

よろず屋稼業　早乙女十内（一）

目次

第一章　依頼　7
第二章　空き店　50
第三章　小雪　93
第四章　遠雷　148
第五章　逃亡者　199
第六章　雨月　249

第一章　依頼

一

ぼとぼとと庇《ひさし》から落ちる雨が、地面を穿《うが》っている。

雨を吸った木々の葉はいかにも重そうに垂れて、鈍い光を放っていた。

それは、とある下町の剣術道場でのことだった——。

突然、雨音に負けない裂帛《れっぱく》の気合が、轟《とどろ》いた。床を蹴《け》る足音が響き、竹刀《しない》が激しく打ち合わされた。両者、襷《たすき》がけで中段に構えなおして間合いを取り、にらみ合う。

長身の男はこれで四人を倒していたが、呼吸も乱さず相手の動きを見ている。

対戦する小兵《こひょう》の男が、長身の右へゆっくりまわる。道場内にいる門弟たちは、固《かた》唾《ず》を吞《の》んで試合を見守っているが、開け放たれた道場の玄関口にも、そして脇《わき》の武者窓のそばにも見物人の姿があった。

小兵の男がいきなり間合いを詰めて、右面左面とつづけざまに打ち込んでいった。長身は竹刀でそれを受けてかわし、ひょいと腰を落としざまに脇をすり抜けて胴を抜いたが、小兵も敏捷《びんしょう》な動きを見せて、横に跳《と》んで相手の竹刀を払い打った。

立ち位置が変わり、再び両者は向かい合い、すり足で間合いを詰めていった。袴《はかま》の裾《すそ》にのぞく両者の足の指は、がっちり床をつかんでいる。後ろに引かれた踵《かかと》がわずかに持ちあがり、剣尖《けんせん》がふるえるように動いている。

小兵が突きを見舞うと見せかけたとき、長身の体が宙に躍った。そのまま上段に振りかぶられた竹刀が、目にも止まらぬ速さで打ち下ろされた。

刹那《せつな》、バシッと鋭い音が道場内に響きわたり、小兵がガクッと片膝《かたひざ》をついた。

「一本！　そこまでッ！」

見立役をつとめている師範代の声が響いた。

「旦那《だんな》、また勝ちやがりましたぜ」

松五郎《まつごろう》はそういってそばに立っている北町奉行所の定町廻《じょうまちまわ》り同心《どうしん》・服部洋之助《はっとりようのすけ》を見る。

洋之助は道場に目を注いだまま、

「おい、濡《ぬ》れてるじゃねえか……」

と、肩に張りつく雨粒を手で払った。松五郎が慌《あわ》てて濡れないように傘を動かした。

松五郎は小網町《こあみちょう》を預かっている岡っ引きだが、金魚の糞のように洋之助についてまわるので、いまは小者《こもの》のような存在になっていた。

(やるな、あの野郎……)

洋之助は道場内を見つめたまま、胸の内でつぶやき、

「早乙女十内《さおとめじゅうない》の野郎、なかなかの腕じゃねえか」

と、思ったことを口にした。

「そんなこといっていいんですか。あっしらの仕事を出し抜いた野郎ですぜ」

「それはそれだ」

洋之助はそっけなく応じて、武者窓の向こうにある道場に視線を注ぐ。長身の早乙女十内の今度の相手は、がっちりした体軀《たいく》の男だった。これまでの対戦者とは、体つきも面構《つらがま》えもちがっている。

それなのに、洋之助は「ふわァ」とあくびをするではないか。

「早乙女殿、これは当道場でも五本の指に入る谷内禄之助《たにうちろくのすけ》と申す男。心してかかられよ」

師範代が新たな対戦者を紹介して、

「よし、はじめッ」

と、かけ声をかけた。

十内と谷内禄之助は蹲踞《そんきょ》の姿勢から、静かに立ちあがると二間《けん》の間合いを取って向かい合った。お互いに中段の構えである。

洋之助は食い入るように試合の流れを観戦する。背の低い松五郎は、爪先立《つまさきだ》っている。玄関にいる見物人も試合に目を奪われているが、雨宿りのために偶然立ち寄った者もいるようだ。

禄之助は間合いを詰めようとしたが、一度あとに引く。十内は足が床にくっついたように微動だにしない。禄之助が左に動いた。十内の竹刀がそれに合わせて動く。と、いきなり禄之助が、床板を蹴って突きを見舞い、打ち払われたところで、さらに右面を狙《ねら》って打ち込んでいった。

十内は首を倒すことで一撃をかわし、胴を抜こうとしたが、禄之助は敏捷にパッと後ろに跳び退《の》きながら片手打ちで面を取りにいった。しかし、十内にその反撃は届かなかった。両者立ち位置が変わり、すぐさまぶつかるように竹刀を合わせた。

バシッ、ビシッッと、打ち合わされる竹刀の音が道場内に響き、

「きえーッ！」

と、怪鳥《けちょう》のような声を発して、禄之助が激しい気迫をみなぎらせた。

十内は無言である。そのままススッと前に出て、ビュンと剣尖をのばして突きを送り込んだ。その瞬間、禄之助が一閃《いっせん》の早業《はやわざ》で、十内の右肩を打ちたたいていた。

「あいたたた……」

負けた十内は片膝をつくなり、竹刀を落とし、情けない声を漏らした。

道場内で見物していた門弟たちが、互いの顔を見合わせ嘲笑《ちょうしょう》を頬《ほお》に浮かべた。

師範代の声がして谷内禄之助に軍配をあげる。その顔には安堵《あんど》の色が刷《は》かれていた。

「ふん、無様《ぶざま》な野郎だ。あの程度であったか。つまらん」

武者窓に張りついていた洋之助が吐き捨てれば、

「あの腕だったらどうってことありませんぜ」

と、松五郎も十内を小馬鹿にした。

玄関や武者窓のそばにいた見物人も、興が冷めたのか三々五々雨中に戻っていった。

「松五郎、行くぜ。あの野郎をとっちめるのはあとだ」

「どこへ行くんです?」

「小腹が空《す》いた。そばでもすすろうじゃねえか」

「へへ、それはご名案です」

松五郎は手をすり合わせるような顔で、洋之助のあとにしたがった。

二

「ふう、まったくよく降りやがる。これじゃ大事な着物が台無しだ」

ぶつぶつ小言をいって、たたんだ傘のしずくを落とした早乙女十内は、戸口の引き戸を開けて土間に入った。そのまま座敷にあがり込み、縹色《はなだいろ》の羽織を剝《は》ぐように脱ぎ、深紅の帯をほどき、銀鼠色《ぎんねずいろ》の鮫小紋《さめこもん》を脱ぎ散らかし、褌《ふんどし》ひとつになった。

鍛えられた肉体に贅肉《ぜいにく》はない。細身だがよく引き締まった体である。

「ったく、もう少し手加減すりゃいいものを、本気でたたきにきやがった。あいつ、谷内禄之助といったな」

ぶつぶついいながら、奥の間に行き浴衣《ゆかた》を肩に引っかけた。わざと負けてやったとも気づかず、いまごろいい気になっているにちがいないと、十内は禄之助の顔を思い浮かべた。

「早乙女さーん」

帯をつかんだとき、妙に甘ったるい声が戸口でしたと思うやいなや、遠慮なく座敷にあがり込んでくるのは、隣に住む由梨《ゆり》である。さらに「こんちでーす」と、おどけた声でやってきたのは由梨と同居しているお夕《ゆう》だった。

二人は帯をつかんだまま、ぬーぼーと突っ立っている十内を見て、目をまるくし、ついで「きゃッ」と小さな悲鳴じみた驚き声を発して顔を掌《て》でおおった。

十内は浴衣を羽織っただけで、褌をさらしている恰好《かっこう》である。

「何がきゃあだ。人の家にずかずかと入ってくるほうが悪いのだ」

十内は浴衣の前を合わせ、帯を締めた。

「何か急用でもあるのか」

十内は無愛想にいう。

「ぜーんぜんそんなことありませんわよ。早乙女さんが帰って来たのが見えたから遊びに来ただけ」

由梨はそういって「ああ、こんなに散らかしちゃって」と、まるで女房気取りで十内の羽織と小袖を片づけにかかった。お夕は乾いた手拭《てぬぐ》いを持ってきて、

「髪がずいぶん濡れていますわ」

といって、やさしく拭《ふ》いてくれる。されるがままになっている十内は、隙《すき》を見てお夕の形のいい尻《しり》を触《さわ》る。ピシッと手をはたかれると、

「もうよい。自分でやる」

といって、十内は座敷に座り込んだ。そこは居間を兼ねている六畳だった。奥の寝間は四畳半だ。

「どこに行っていたの？　朝からずうっと留守だったでしょう」

着物を片づけた由梨がそばにやって来て、あどけない顔を向ける。普段は曲芸師をやっているが、今日はあいにくの天気だから仕事を休んだのだろう。

「ちょいと野暮用だ」

「野暮用ってなあに？」

お夕が怪訝《けげん》そうな顔で首を倒す。頬にえくぼを浮かべながら。お夕は狩野祐斎《かのうゆうさい》という絵師の手伝いをしている。手伝いといっても、祐斎の目の前でしどけない恰好をして、勝手に描かれるだけである。それで生計が成り立っているようだから楽な商売だ。それにしても着瘦《きや》せする女である。着物を剥ぎ取ると、腰がくびれ、形のよい乳房があり、よく締まりほどよい肉をつけた尻が現れる。

といっても十内が直接見たわけではない。祐斎の絵を見てそう思うのである。しかし、ときどきいたずらをして触ることがあるが、なかなか張りのある豊かな乳房だというのはわかっている。

「さる道場のお招きに与《あずか》っていたのだ」

「ふうん」

お夕は興味なさそうだ。

「お茶でも淹れましょうか」

由梨が気の利いたことをいう。そうしてくれと頼むと、お夕もわたしも手伝うといって立ちあがり、二人して台所に行った。

十内は煙管《キセル》を吸いつけて、禄之助にたたかれた肩のあたりを触った。なんだか腫《は》れているようだ。

（ちくしょう。遠慮というのを知らないのか）

胸の内で愚痴《ぐち》ったあとで、

「あいてて……」

と顔をしかめた。あとで患部を冷やさなければならないと思う。

それにしてもお夕と由梨はかしましい。湯を沸かしながら竈《かまど》の前でぺちゃくちゃしゃべり合っては、ときどき笑い声をあげる。明るくて屈託のない二人だが、姉妹ではない。由梨が十八歳、お夕が十九歳だった。

二人とは十内がここ橋本町の家に越してきたとき、気軽に片づけを手伝ってくれたのが縁だった。以来なにかと二人は遊びに来ては、風のように去っていく。毒にも薬にもならないので、十内は大目に見てうるさいことをいわない。

しばらくすると、湯が沸いて茶が運ばれてきた。

「もうお茶の葉っぱが少なかったわよ」

お夕がいう。

「そうか」

十内はふうと湯気を吹いて茶に口をつける。

「わたし雨がやんだら買ってきてあげます」

由梨だった。

「頼む」

由梨とお夕が黙り込んで、じっと十内を見つめる。

「なんだ、どうした」

「ううん、早乙女さんて……」

由梨がいう。

「いい男だなあって」

お夕が言葉を引き継ぎ、また由梨が言葉を足す。

「思ったの」

「おい、二人でわけてしゃべるな。どっちか一方がしゃべればいいだろう」

「それでお茶はおいしいですか?」

「ああ、上々吉だ」

十内は面倒くさそうに答える。

「よかった。ねえ、由梨ちゃん」

「うん」

(馬鹿かこいつら……)

十内があきれながら茶に口をつけたとき、戸口に人の立つ気配があり、すぐに声がかけられた。

「こちらは早乙女十内の屋敷であるな」

ずいぶんと横柄《おうへい》な言葉である。

「ああ、そうだ」

「邪魔《じゃま》をする」

声を返すと同時に、戸口の引き戸ががらりと開けられ、二人の男が入ってきた。

一人は小銀杏《こいちょう》の髷《まげ》に黒紋付き、棒縞《ぼうじま》の着流し、雪駄《せった》履きである。それだけで町方《まちかた》の同心だと知れる。もう一人は小者のようだった。

　町方のほうがじろりと十内をにらむように見て、由梨とお夕を見てからまた十内に視線を戻した。

「客か？」

「いったいなんです？　町方といえど、ずいぶん図々しいじゃありませんか」

「なにをッ」

　目を吊《つ》りあげ、腕をまくったのは小者のほうだった。小太りだが、だぶついた贅肉のない固太りの体型だった。猪首《いくび》でやけに眉《まゆ》が太くて濃かった。

「まあまあ。おまえはひっこんでいろ。おれは北町の服部洋之助と申す。こいつは松五郎というおれの手先だ」

「町方の旦那がおれになにか用ですか？」

「用があるから来てんだよッ」

　松五郎が声を張りあげて、肩をいからせる。

「まあまあ」

　洋之助はひび割れたような声で、手をあげて松五郎をなだめながら上《あ》がり框《かまち》に腰

をおろした。十手《じって》を出して、トントンと自分の肩をたたき、

「その客がいると話しづらいのだがな。早乙女ちゃん」

と、十内を上目遣《うわめづか》いに見る。

「は？　早乙女、ちゃん」

馴《な》れ馴《な》れしく呼ばれた十内は、パチパチとまばたきをした。

「できたら、人払いをしてくれねえか」

十内はお夕と由梨を見た。

「なにやら大事な話があるようだ。おまえたち帰ってくれるか」

「なーんだつまんない」

由梨が口を尖《とが》らせて立ちあがった。それにつづくお夕は、ひょいと土間に下りると、さっと着物を大きく端折《はしよ》った。白くて形のよい脚がのぞいた。それを見た松五郎が目をまるくして、さっと視線をそらした。心なしか顔を紅潮させている。

「それじゃ早乙女ちゃん、またねえ」

由梨がおどけたことをいって、戸口を出ていった。お夕もちらりと十内を見て、由梨のあとにつづいた。

三

「それで用とは、いかようなことです」

十内は十手で肩をたたきつづける洋之助を見る。

「心にやましいことはねえか」

「やましいこと……そんなもんありませんよ」

「表の看板はなんだ」

「看板。あれは商売のために掛けてるんです。目障りですか？」

十内は戸口脇に「よろず相談所」という看板を掲げている。人探し、物探し、揉《も》め事《ごと》の仲介、困り事の相談などを受けるのを商売にしている。

「目障りってことじゃねえが、先月、日本橋の大貫屋から頼まれ事があったな」

「ありました。よくご存じで……」

大貫屋は使っていた番頭に、売上金百三十両を横領されただけでなく、主《あるじ》・惣兵衛《そうべえ》の妻・美弥《みや》をも寝取られていた。そのことに腹を立てた大貫屋は、番頭の彦兵衛《ひこべえ》を探すように依頼してきた。

十内は彦兵衛の知人や親戚、実家をあたり、彦兵衛が本所《ほんじょ》の賭場《とば》に出入りしていることを突き止め、首に縄をつけて大貫屋に連れ戻していた。

「あれは御番所にも訴えがあってな」

「はて、そうでありましたか」

十内はぬるくなった茶に口をつけた。洋之助の背後に控えている松五郎が、いまにもうなり声をあげそうな犬のような顔をしている。

「おう、その仕事を請け負ったのがおれだ。大貫屋も大貫屋だが、素人《しろうと》がちょろちょろとうろついていやがったから、おれたちゃ彦兵衛をしょっ引くのが遅れてしまった。誰が邪魔をしていたかと思えば、きさまだというのがわかった次第だ」

彦兵衛を捕まえた十内は、町方にその身柄を引き渡していたのだが、それは目の前にいる同心ではなかった。

「おれは佐野さんという旦那に彦兵衛を渡して、よい手柄を立てたと褒めてもらったんですがね」

「なぜ、おれに声をかけなかった」

「服部さんが大貫屋の仕事をされているのを知っていたら、もちろん引き渡していたでしょう」

「知らなかったから、佐野に渡した。そういうことだな」

「まったくさようで……」

「おい、そういうときはこの件は誰が受け持っているのかと、一応断りを入れるのが筋ってもんだ。え、そうじゃねえか早乙女ちゃんよ」

（また、早乙女ちゃんかよ）

十内が胸中で愚痴ると、洋之助はその胸を十手の先でつつく。

「それとは知らなかったので、しかたがないでしょう。だが、つぎからは気をつけることにしますよ」

「おう、そうしてもらわなきゃ困るんだ。それに妙なことに首を突っ込んで、おれたちの仕事の邪魔したら承知しねえ。わかったな」

洋之助は蛇のように冷たい目でにらんでくる。額《ひたい》が広く面長《おもなが》で色の白い男だ。その目は心持ち赤く見えた。

「承知しました」

十内は半ばふて腐れて応じた。

「わかってんだろうな」

松五郎が怒気を含んだ顔で念を押す。

「わかってるよ。そう人を敵《かたき》みたいに見るんじゃないよ。松五郎ちゃん」

十内はそういって、口の端に薄笑いを浮かべた。とたん、松五郎の顔が紅潮し、ぶるぶるとにぎりしめた拳《こぶし》をふるわせた。

「こ、このォ……」

「まあいいだろう、わかってくれりゃいいんだ。それで早乙女ちゃんよ、大貫屋からいくらの謝礼をもらったんだ」

「それはまだです。今日もらいに行かなきゃならないんです」

「ほう、そうであったか。それで謝礼はいくらだ?」

「なぜ、そんなことを」

「聞いてんだ、答えろッ」

松五郎が嚙《か》みつくような顔で怒鳴る。十内は耳を人さし指でほじった。

「町方の旦那だから正直に申しますが、二十両です」

「なかなかいい商売じゃねえか。ま、おまえさんのことはわかった。それじゃさっきのこと、よーく心得ておくんだな」

洋之助はそういって立ちあがると、

「おう、そうだった。今日はいいものを見させてもらったぜ。おまえさん、なかなかやると思ったが、最後にはあっさり負けやがったな」

と、ふと思いだしたように言葉を足した。

「見ていたんですか」

「総武館を甘く見ていたようだな。あそこは江戸でも名のある道場だ。谷内という門弟まで行きついたのには感心したんだが……残念だったな」

洋之助は白い顔をつるりとなでた。

「おまえさん、流派は？」

「神道無念流《しんとうむねんりゅう》です」

「免許は？」

「まあ」

十内は曖昧《あいまい》に応じた。

「まあ、か……。まあ、そんなもんだろう。とにかくおれのいったこと忘れるんじゃないぞ」

洋之助はそういうと、あとは振り向きもせずに戸口から出ていった。松五郎は一度振り返って、やはりにらみつけてきたが、十内は無視をして冷たくなった茶を飲んだ。

四

一人になった十内は、ごろんと横になった。

なんだか朝からせわしなかった。総武館で試合をしたのは、道場破りでも腕試しでもなかった。居酒屋で酔った総武館の門弟にからまれ、試合に臨んだだけである。からんできたのが総武館の師範の倅《せがれ》でなかったら、相手にしなければよいだけのことだったが、そうはいかなかった。黒川縫之助《くろかわぬいのすけ》という倅は、師範である父・幾之助《いくのすけ》に、十内がいった覚えのないことをあれこれ虚飾して焚《た》きつけたのだ。

それを真《ま》に受けた幾之助は、総武館を小馬鹿にするようなことを喧伝《けんでん》されては困る。ついてはその腕を見てやるから道場に来るようにと呼びつけた。

十内は誤解を解こうと足を運び、ことの次第を話したが、

「いまさらいいわけなど聞きたくはない。男らしく、武士らしく堂々と立ち合ってもらおうではないか」

と、聞く耳を持っていなかった。

そんなわけで十内は気乗りしない試合をして、最後に花を持たせるためにわざと負けてやったのだった。総武館の威信がそれで保てるならよかった。もし、谷内禄之助まで倒していたら、黒川幾之助や倅の縫之助は遺恨を持っただろう。そんなことはごめんである。できることなら穏《おだ》やかに暮らしたい。

しかし、試合から帰ってくると、服部洋之助という町方に思いもよらず、いちゃもんとも解釈できる忠告を受けた。

世の中には面倒なことがあるものだと、細いため息を漏らし、天井の節穴を見つめた。屋根をたたく雨音が弱くなっているのに気づいた。台所に目を向けると、煙《けむ》出《だ》し窓《まど》の向こうに斜線を引く細い雨が見えたが、ずいぶん小降りになっているのがわかる。

夕刻にはあがりそうだ。雨がやんだら、大貫屋に謝礼をもらいに行こうと、ぼんやり考える。なにしろ手許不如意《てもとふにょい》である。

金が入ったら、うまいものを食い、ついでに岡場所に繰りだそうと考えた。そう考えると、なんだか楽しくなってくる。がばりと身を起こし、

（そうしよう）

と、心に決めた。

一方で、おれの選択はまちがっていなかったと確信した。何よりいまの暮らしは楽であるし、気兼ねがいらない。窮屈さも、妙な引け目を感じることもない。

（もう半年か……）

そうであった。十内が馬喰町《ばくろちょう》の北に位置する橋本町の、いま住んでいる家を見つけたのは半年前のことだった。

それまでは一番町の実家で、肩身の狭い暮らしを余儀なくされていた。十内は家督相続権のない「部屋住み」だった。つまり、次男である。もし、兄の伊織《いおり》が死ぬようなことになれば、父・主膳《しゅぜん》の跡目となるのだが、そのようなことはもはや考えられなかった。

兄・伊織は幼いころは病弱で、しょっちゅう床に伏せていた。そのことを主膳も母の多恵《たえ》もずいぶん心配し、ことあるごとに、

「十内、わしの跡を継ぐのはおまえだ。そのこと心得て、しっかり勉学に励み、剣術の鍛錬を怠るでない」

と、いいつづけていた。

ところが伊織は元服するころから病知《やまい》らずとなり、体も成長し、頑健になってきた。兄弟喧嘩《げんか》をしても十内が勝っていたが、そのころからは負けることが多くなった。そして、父の態度も変わってきた。愛情は十内から伊織に注がれるようになったのだ。

成人した伊織は、表右筆組頭《おもてゆうひつくみがしら》の地位にある父の寵愛《ちょうあい》と手づるによって、小十人組《こじゅうにんぐみ》に仕官し、晴れて幕臣となった。

一方の十内は養子縁組を勧められるだけで、仕官もままならず、いたずらに歳月を費やし、ついに二十七歳になっていた。母の多恵はそんな十内を不憫《ふびん》に思い、

「おまえ様にはきっとよい縁談がまいります。あきらめずにじっと待つことです」

と、慰めてくれたが、十内はせっかくの縁談があっても断っていた。

父はそのことが気に入らなくなり、

「もう放っておけ」

と見放してしまった。

結局は、無駄飯食いとか穀潰《ごくつぶ》しといわれる「部屋住み」をつづけるのみであった。

しかし、一念発起して実家を飛びだしたのは、父や兄に疎《うと》まれたり、近隣や親戚の者たちから蔑《さげす》むように見られるのがいやだったからではない。

(おれはおれの人生を自分で切り拓《ひら》いてやる)

という、志を持ったからだった。

親の権威を利用して生きる術《すべ》もあったが、十内はそれを嫌ったのである。

しかし、よろず相談所という商売を考えたのは、単なる思いつきだった。生来、物事を深く突き詰めて考えることが苦手で、自分の勘ばたらきを大切にするところがある。他人よりもすぐれた閃《ひらめ》きがあるのだ、と十内は勝手に自負している。

剣術でも直感といえる閃きで、通っていた道場でめきめきと頭角を現した。四書五経を学んだ私塾でも、試験の度《たび》にすぐれた成績を残した。それもこれも閃きや直感があたったのだった。

だから、よろず相談所を開設することに迷いはなかった。現に実家の力を借りずに何とかやりくりできているし、少なからず人の役にも立っている。

しかし、ひとつだけ周囲に黙っていることがある。自分の父が表右筆組頭ということである。もし、それを口にすれば、先ほどやってきた町方の服部洋之助も平身低頭して媚《こ》びへつらったかもしれない。

表右筆組頭は役高三百石、役料百五十俵という高給取りであるし、それなりの権威がある。誰もが認める大身《たいしん》旗本なのだ。だが、そのことを表沙汰《おもてざた》にすれば、十内が家を飛びだしたことの意味がなくなる。だから、実家のことはあくまでも秘密にして、我が身を立てたいのである。旗本のお坊っちゃまを売りにしたくないのである。

煙管を吸いつけていると、雨のやんだ気配があった。庇から落ちるしずくが弱くなり、かすかに日も射《さ》してきた。

それではそろそろ大貫屋に出かけようと思い、着替えることにした。

「ごめんくださいまし」

玄関に声があったのは、腰をあげたときだった。

五

「開いている。入られよ」

十内は着替えを後まわしにして座敷に戻った。戸を開けて入ってきたのは、二人の商人ふうだった。

「早乙女様でございますね」

辞儀をして訊《たず》ねたのは、齢《よわい》四十半ばの男である。絽《ろ》の羽織に縦縞の紬《つむぎ》、献上帯《けんじょうおび》、白足袋《しろたび》雪駄という立派な身なりだ。血色のよい細面《ほそおもて》で、口許《くちもと》にやわらかな笑みを浮かべている。後ろにいるのは付き添いらしいが、あまり目つきがよくない。人を探るような暗い目をしている。

「いかにもそうだが、道案内、犬猫探しはやらぬことにしている」

一月《ひとつき》ほど前、そんな依頼があり往生《おうじょう》したことがあった。金にもならなかったので先に釘《くぎ》を刺した。

「いえ、そんなことではございません。手前は弓町で細々と伊豆屋という蠟燭《ろうそく》問屋をやっております源兵衛《げんべえ》と申します。こちらは番頭の勝八《しょうはち》と申します」

紹介された勝八が軽く辞儀をしたが、それは目礼に近かった。番頭にしては不遜《ふそん》な態度だ。だが、十内は気にせずに「ま、あがられよ」と、座敷にいざなった。

「ごらんのように独り身《ひと》の稼業であるから茶も出ぬがご勘弁を」

十内はそういって、ついと煙草《たばこ》盆を近くに引きよせた。

「それで何か相談事でも……」

「こちらはどんなご相談にも乗ってくださるとお聞きし、やってまいりました次第です。決して犬探しや道案内をお頼みするのではございませんのでご安心を」

「それで……」

「木挽町《こびきちょう》に文兵衛《ぶんべえ》という飾り職人がおりました。これを探してもらいたいのです。日限り《ひぎ》十日でお願いしたく存じます」

言葉は丁寧《ていねい》だが上から見下ろすようなものいいである。口許の笑みは変わらないが、目にも人を蔑むような色がある。

「日限り十日ねえ」

十内は煙管をつかんだ。

「無事に文兵衛を見つけてくだされば、五十両の謝礼をお支払いします」

「……五十両」

声が裏返ったかもしれない。十内は煙管に詰めようとしていた刻みをつまんだまま指を止めた。

「その文兵衛とやらは何をやらかしたんだい？」

源兵衛はこほんと小さく咳《せき》をしてから答えた。

「うちの店に盗みに入り、金二百三十四両を盗んだんでございます」

「二百三十四両とはずいぶん細かいな。数えていたのか？」

「商人は金蔵にいくらあるか、ちゃんと気をつけているものです」

「そうすると、文兵衛は盗人《ぬすっと》ではないか。御番所に届は出してあるのだろうな」

「それが、都合が悪うございまして、内々ですませようと思っているのですが、とんと見つけることができませんで……。そんなおりに早乙女様のことを耳にいたしまして、早速にもと思ったのでございます」

「なぜ内々にすませようなどと……」

「ごもっともなご質問です。文兵衛の女房はじつはわたしの娘でして、あまり大袈《おおげ》然《さ》にすると娘の先行きが案じられます。文兵衛がいなくなってから娘は家に戻ってきているのですが、まだ年も若いのでいずれ嫁がせなければなりません」

「つまり、娘が後添《のちぞ》いに行くとき、元盗人の女房というのでは具合が悪いというわけか……。なるほど、御番所に頼めばそのことが白日《はくじつ》の下《もと》に曝《さら》されるだろうからな」

十内は煙管に火をつけて、吸いつけた。ぷはっと、煙を出す。

「まったくそのとおりでございます」

「金を盗まれたのはいつだ？」

「一年ほど前です」

「その間、ずっと文兵衛を探していたということだろうが、それは人を雇ってのことではなかったのか」

十内は煙管の吸口をくわえたまま、ちらりと番頭の勝八を見た。

「雇ってはいたのですが、二進《にっち》も三進《さっち》もいきませんで、まったく金の取られ損をした按配《あんばい》です」

「雇われた者たちは手掛かりぐらい見つけたのではないか？」

「それがまったく」

源兵衛は肩を落として、短いため息をついた。

「十日で見つけることができなかったらどうする？」

「それは問題です。なんとしてでも十日以内に探しだしてもらいたいのです。受けてくださいませんか。前金でまずは十両お支払いしておきます。文兵衛を捕まえてくだされば、残り四十両をお渡しします」

文兵衛を「探す」から「捕まえる」に変わった。こっちが本音なのだと察しはつく。

「捕まえることができなかったら、四十両はなしということか……」

源兵衛は暗にうなずいた。十内は煙管の雁首《がんくび》を灰吹きに打ちつける。灰吹きには水が入っているので、チュンという音がした。

「受けてくださいますか」

番頭の勝八が前金の十両を畳に滑らせた。

「いいだろう」

十内は十両をつかんで、

「もっと詳しい話を聞かせてくれ」
と、頼んだ。

六

そばで小腹を満たした服部洋之助は、爪楊枝《つまようじ》をくわえたまま大貫屋の前に立った。しーはーと爪楊枝で歯をせせり、ぷいと吹き飛ばした。そばには松五郎が立っていて、傘を二本持っている。

雨に濡れた大貫屋の暖簾《のれん》は重たそうに垂れており、雨あがりの薄日を受けていた。道がぬかるんでいるので、洋之助は足許に気をつけながら足を進め、暖簾に触らないように腰をかがめて店の中に入った。

「いらっしゃい……」

奉公人たちの声が途切れたのは、洋之助がすぐに町方の同心だとわかったからだ。

「亭主はいるかい？」

洋之助が帳場に座っている番頭を見ると、すぐに呼んでまいりますといって腰をあげた。他の奉公人たちは洋之助を避けるように仕事に戻った。塩を扱う問屋だから、土間には樽《たる》がいくつも並んでいる。大きな器に山盛りにされた塩は富士山のようだ。

「これは服部様」

主の惣兵衛が土間奥の暖簾から現れた。額が大きく禿《は》げており、後ろのほうで結《ゆ》った髷はちょこなんとしていて、なんとも心細い。

「ちょいと話があってな。暇をくれるか。なに、そう長い話じゃないから心配するな」

「それじゃ客間のほうへ。どうぞおあがりください」

洋之助と松五郎は土間奥の左にある客間に通された。

女中が茶を運んできて、すぐにさがった。

洋之助はずるっと茶を飲んでから、

「話っていうのはなんてことはない。例の彦兵衛の件だ」

と、片膝に片肘《ひじ》をついた。

「あの節はお世話になりました」

惣兵衛は正座をしたままお辞儀をする。

「礼をいわれるほどのことはしておらぬ。捕まえたのは早乙女という食えない浪人だ」

「へえ、さようでございました」

「だがな仁義ってェのを忘れられちゃ困るんだ」

「はい……」

「おめえさんは御番所に彦兵衛のことを訴えながら、早乙女十内という野郎にも頼み事をしたな」

「申しわけもございません。早く捕まえたい一心でございましたので……」

「気持ちはわかるよ。気持ちはよ。だがな、早乙女という野郎がうろちょろしやがったおかげで、おれたちの探索がかき回されることになった。それがいけねえんだなァ、どうにもよ。大貫屋惣兵衛さんよ」

洋之助は目に力を入れて、惣兵衛をにらむ。

「まさかそんなことがあったとは……」

「あったんだよ。大いに迷惑をしたってわけだ。まあ、それでも彦兵衛をとっ捕まえられたからよかったようなもんだ」

惣兵衛は洋之助の真意を探るような目をする。

「だが、それでことはすまねえ」

「すまねえんだ」

松五郎が言葉を重ねてにらみを利かす。

「まあ、おまえは黙っておれ」

洋之助は松五郎をたしなめて、惣兵衛に視線を戻した。

「話ってェのはな……」

洋之助は一度茶を飲んでから言葉を継いだ。

「おめえさん、早乙女十内を謝礼二十両で雇ったそうだな」

「はい」

「いけねえなァ。そんな勝手なことされちゃ。だからおれたちは迷惑をしたんだ。だが、早乙女も足を棒にして、無事に彦兵衛を捕まえた。それは素直に認めてやろう。だが、おれたちゃずいぶんヤキモキさせられちまって、それが困るんだ。それに彦兵衛捕縛《ほばく》はおれの役目だった。それが、他の同心に持って行かれちまって、おれの面目丸つぶれだ」

「…………」

（この野郎、まだおれのいうことがわからねえのか）

洋之助は腹の内で毒づいて、遠回しにいうのをやめた。

「惣兵衛よ。まだうまく呑み込めていないようだな。直截《ちょくせつ》にいえば、迷惑料がかかるってことだ。だが、それでおめえさんの懐《ふところ》を痛めちゃ可哀想《かわいそう》だ。早乙女に払う謝礼の半分を頂戴《ちょうだい》したい。そういうことだ。な、話は早くてわかりやすいだろう」

にやっと、洋之助は笑みを見せて茶を飲んだ。

「それじゃ、早乙女様にお支払いするのが半分に……」

「まあ、まあまあ、ま……」

洋之助は遮《さえぎ》ってつづける。

「早乙女とは話はついているんだ。あんまり大貫屋をいじめては可哀想だと」

「そうだ。話はついている」

松五郎が言葉を添える。

「さようなことでございましたか……」

惣兵衛は禿げた額にうっすらと汗をにじませていた。

「さようなことだ」

「それじゃ、ただいまお支払いいたしましょう」

惣兵衛はそういって、いったん奥の間に立ち去った。

「旦那、うまくいくもんですね。ひひッ」

松五郎が嬉《うれ》しそうに低声《こごえ》で笑ったから、洋之助は頭を引っぱたいてやった。いつも松五郎はおこぼれに与ろうとするのだ。

「おれは強請《ゆす》りたかりをしてるんじゃねえ。たわけッ」

「すいません」

松五郎はしょぼくれ顔で小さくなる。

しばらくして惣兵衛が戻ってきて、早速十両の包み金を差しだした。

「うむ、たしかに頂戴する。だが、わかっているとは思うが、このこと他に漏らすでないぞ。よいな」

「へえ、承知いたしました。ですが、早乙女様にはどのようにお話をすれば……」

「ありていに申しておけ。文句があるならおれのところに来いと。うむ、いい茶であった。大貫屋、それでは邪魔をしたな。困ったことがあったら、なんでもおれに相談に来ることだ。早乙女なんて浪人をあてにしちゃならん」

金をもらった洋之助はさっさと大貫屋を出た。これだから町方の同心はやめられぬと、表に出て思う。

——袖《そで》の下で贅沢《ぜいたく》をする八丁堀《はっちょうぼり》同心

という川柳があった。八丁堀に住まう町奉行所同心を揶揄《やゆ》したものだが、洋之助はそれをまさに地でいっているのだった。

「旦那……」

歩きながら松五郎が腹をすかした犬のような顔を向けてくる。

「なんだ」

「あっしには……」

涎《よだれ》をたらしておねだりする犬は嫌いだが、ここは洋之助も少しは折れてやる。

「おまえにはこれからも、助《すけ》ばたらきをしてもらわなければならねえからな。ほれ、早くしまえ」

袖のなかに手を入れて、さっと小金《こがね》をつまんで、松五郎に渡してやった。とたんに松五郎の相好《そうごう》が崩れる。

「あ、一分《ぶ》……」

さっさと歩く洋之助の背後で、松五郎の不平のつぶやきが漏れた。

「松五郎、雨がやんだから見廻りだ。早く来い」

七

伊豆屋源兵衛から仕事の依頼を受けた十内は、雨あがりの道を歩いていた。雲の割れ目から光の束が地上に射していた。飛脚が水溜まりを器用に避《よ》けながら駆け去っていった。人足に手綱《たづな》を引かれた馬は、その水溜まりを気にせず足を突っ込んで歩いている。

十内を振り返る男や町娘がいる。十内は男には目もくれないが、若い女にはにっこり微笑《ほほえ》み返してやる。しかし、女たちの目にはかすかな侮蔑《ぶべつ》の色があった。もっとも十内はそんなことは気にしない。

町の者たちが振り返るのは、十内の出《い》で立《た》ちにある。銀鼠色の鮫小紋に縹色の羽織というだけなら、さほど目立ちはしないが、深紅の帯を締めているから通りゆく者たちが振り返るのだ。もっとも五尺八寸という長身だから、妙にサマになっている。

鮫小紋の小袖の代わりに梅幸茶《ばいこうちゃ》の小袖を着流すこともあるが、帯は深紅か明るい緑である。さらに深編笠を被《かぶ》っている。

江戸一番の呉服商である越後屋《えちごや》の前に立っていた奉公人が、そんな十内をぽかんとした顔で見送った。

大貫屋は日本橋北詰からほどない品川町にあった。十内は湿り気を帯びた暖簾をはねあげて、大貫屋に入った。具合よく帳場に惣兵衛が座っており、

「これは早乙女様、よくいらっしゃいました」

といって、腰をあげた。

「例の約束の件でまいった」

「あ、はい。どうぞそちらからおあがりください」

惣兵衛の顔がわずかに曇ったのが気になったが、十内はうながされた客間に上がり込んであぐらをかいた。早速、茶を運んできた女中が、十内を見て、嬉しそうに

微笑む。十内も微笑みを返してやる。

「この度はほんとうにお世話になりました。早乙女様のおかげで無事に彦兵衛を牢《ろう》送りにすることができました。それにしてもうちの女房と通じていたとは、まったくもってお恥ずかしいかぎりです」

惣兵衛はやるせないため息をついた。

「二人とも裁きは下りたようだな」

「はい。死罪が決まりました。いまは小伝馬町《こでんまちょう》の牢でさぞや後悔していることでしょう」

「後悔してもはじまらぬことをしたのが悪いのだ」

「まったくでございます。それではお約束のものでございます」

ついと包み金が差し出されたので、十内は遠慮なく手をのばして懐に入れようとしたが、二十両にしては軽いと眉をひそめた。それと気づいた惣兵衛が、

「あ、謝礼は半金ということになっております。早乙女様もご承知だと思いますが」

といって、心苦しいような作り笑いをした。

「半金……なぜ、どうして？　それではあとの半金はどうなるのだ」

「町方の服部様が話はついていると申されて、持って行かれました」

「なんだとォ」

「はて、そういう話ではなかったのですか」

惣兵衛は目をぱちくりする。

「あのいけ好かない同心がそういったのか？」

「そのように申されておりました。町方の旦那ですからまさか嘘《うそ》をおっしゃるとは思いませんので、さっき見えたときに渡しましたが……」

「おれは知らぬ」

「はて、それは面妖《めんよう》なことでございますね」

惣兵衛はそういってから、洋之助が話したことをつまびらかにした。聞いている十内はあきれて、しばらく言葉をなくしていた。腹のなかに怒りがわく。

「迷惑料だといったのか」

「まあそんなことを……」

「くそッ」

吐き捨てた十内は、謝礼の半金を懐にねじ込んだ。腹は立つが、惣兵衛に文句をいっても詮無《せんな》いことだ。いったん、泣き寝入りをするしかないが、服部洋之助に会ったら、思う存分罵《ののし》ってやろうと思った。

「お気を悪くされたのでしたら、わたしの落ち度でございます」

「いや、もうよい。おまえに四《し》の五《ご》のいってもはじまらぬことだ」

十内はそのまま大貫屋をあとにした。

表道に出て、腹立ちまぎれに酒でも飲もうかと思ったが、伊豆屋源兵衛から依頼を受けている仕事を放り投げるわけにはいかないので、とりあえず金を盗んで逃げたという文兵衛の店に足を急がせた。

何しろ十日以内に文兵衛を探さなければならないのだ。

黄昏《たそが》れていた町は、徐々に夜の帳《とばり》をおろしてくる。それでもまだ日の名残が空の片隅にあった。日本橋の目抜き通りは、一日の書き入れらしく、商家の表に立つ呼び込みの声が切りもない。やれ煎餅《せんべい》だ菓子だ、反物《たんもの》だとうるさい。しかし、十内の耳にはそんな声は入ってこない。

苦労してやった仕事の謝礼をかすめ取られたのだ。そのことが無性に腹立たしかった。気づいたときは木挽町六丁目にやってきていた。すでにあたりは暗くなっている。

源兵衛から聞いた文兵衛の店はすぐにわかった。いまだ借り手のつかないまま閉じられている。店の横には三十間堀《さんじっけんぼり》川が流れており、舟提灯《ふなぢょうちん》をつけた猪牙舟《ちょきぶね》がゆっくりと去って行った。

表戸に手をかけたが、戸は内側から猿《さる》をかけてあるか、心張り棒をしてあるらしくビクともしなかった。裏にまわって勝手口が開くかどうか試してみたら、あっさり開いた。借り手がついていないのは好都合だった。

行方《ゆくえ》をくらました文兵衛が、なにか手掛かりを残しているかもしれない。もっともその期待は薄いが、手はじめに文兵衛の家を兼ねた店を探るのは常套《じょうとう》手段のはずだ。

十内は戸をゆっくり引き開けて、暗い屋内に足を入れた。と、そのとき脇の暗がりで黒くふくらむ気配があった。さっと振り向くと同時に、後頭部に強い衝撃。目から火花が散り、意識が急に遠のいた。

第二章　空き店

一

どこかで人の声がしていた。笑い声だ。それが潮が引くように消えると、足音が近づいてきて、遠ざかっていった。

（女か……）

十内は朦朧《もうろう》とする意識のなかで、離れゆく足音の主《ぬし》を推量した。

閉じていた瞼《まぶた》をゆっくりこじ開ける。頬に冷たい土の感触。目を開けたが暗い闇《やみ》が広がっているだけでなにも見えなかった。両腕に力を入れて半身を起こし、頭をぶるっと振ると、首の後ろに鈍い痛みがあった。

いったい自分がどこにいるのか、一瞬わからなかったが、痛い箇所をなでているうちに、自分が文兵衛の店に来て、殴り倒されたことを思いだした。

用心しながら立ちあがると、ようやく闇に目が慣れてきた。殴りつけられた相手のことはわからないが、自分はまだ文兵衛の店にいるようだ。

十内は手探りで竈のそばにあった燧石《ひうちいし》をつかむと、カイカチと打ち合わせた。小さな火の粉《こ》が飛び、一瞬近くのものが見えた。竈の前にしゃがみ込み、焚きつけになる小枝を集めて根気よく火をつけた。小さな火をつけるのに往生したが、大分店のなかの様子がわかるようになった。

燭台《しょくだい》があったので、蠟燭を外して火をともし、表口へ向かって歩いた。いまは空《あ》き店《だな》になっているが、一年前まで文兵衛の店だった。そのあとこの店を借りた者がいたが、半年後に手放したという。だから、文兵衛が行方をくらましたあとで借りた者が前の店主ということになるが、それでもこの店に興味を持ったのは、行方をくらました文兵衛を追う手掛かりを見つけることができるかもしれないと思うからだ。

表戸の前に立って、やはり猿がかけられているのがわかった。それからゆっくり、蠟燭を掲げて帳場を見た。たたまれた帳場格子《ごうし》が壁に立てかけられているだけで何もない。その奥は襖《ふすま》になっている。

土足のまま上がり込んで襖を開いた。そこは六畳ほどの座敷だったが、十内は襖を開いたとたん、息を呑んだ。

人が倒れていたのだ。俯《うつぶ》せで右手を上に伸ばし、左手は自分の腹の下にある。

「おい」

しゃがんで声をかけたが、すぐに死んでいるとわかった。腹のあたりに血溜まりが出来ている。

十内は蠟燭の炎をかざして顔を見た。侍ではない。その辺の町人のようだが、髷の刷毛先《はけさき》をちょんと撥《は》ねあげているところを見ると、勇み肌の男のようだ。頰には古い刃物傷がある。

なぜこの男はここで殺されたのだ？　下手人は自分を殴りつけた男だろうか……。

死体から顔をあげて、店のなかを見まわした。人の気配はない。

隣の居間に移った。調度の類《たぐい》もなければ、人の生活臭もない。

ゆっくり屋内を見わたし、死体に視線を戻したとき、表口にいくつかの足音がして、戸がガタガタと音を立てた。

「開かねえ。裏だ」

そんな声と同時に、男たちの気配が消えた。十内は危機を感じた。とっさに、蠟燭の火を吹き消すと、男たちが勝手口にまわりこんでくる前に、表に飛びだした。入れ替わるように、三人の男たちが路地から出てきて、勝手口に殺到した。

二本差しの浪人ふうだったが、博徒《ばくと》かもしれない。十内は先の物陰にひそみ、様子を窺《うかが》った。男たちはすぐに裏道に出てきて、やってきたほうへ消えていった。

尾《つ》けようかどうしようか迷ったが、ここは下手《へた》な揉め事に巻き込まれては損だという考えがはたらいた。文兵衛を捕まえれば、謝礼の残り四十両をもらえる。もっとも日限りは十日であるが、依頼人の源兵衛は今日も勘定に入れるといったから、残り九日ということになる。

とにかくわけのわからないゴタゴタには関《かか》わらないほうが得策だ。表通りに出ると、四、五人の男たちが緊張した面持《おもも》ちで駆けてくる。刺股《さすまた》や突棒《つくぼう》を手にしていて物々しい。十内は道の端に避けて、男たちをやり過ごした。自身番と近所の岡っ引きだとわかった。

案の定、連中は文兵衛が借りていた店へ駆けて行った。すると、さっきの三人組が自身番に知らせたのか……。よくわからなかった。

とにかく放っておくことにして、つぎの仕事にかかることにした。三十間堀沿いの河岸道《かしみち》を引き返し、三原橋を渡って弓町にある源兵衛の店に足を向ける。

東海道の往還に出ると、そのまま京橋のほうに向かう。弓町はその橋の手前の町屋である。昼間は雨のために空は厚い雲に覆われていたが、いまは流れる雲の間に明るい月があった。往来には昼商《ひるあきな》いの店が多いために、どこの商家も戸を閉じているが、脇の小路《こみち》には提灯や軒行灯《のきあんどん》のあかりがある。

弓町に入って、源兵衛の店を歩きながら探す。小間物屋のそばに伊豆屋の看板があった。蠟燭問屋らしく、火のともった蠟燭の絵看板だ。表戸は閉まっていたが、かまわずに訪《おとな》いの声をかける。のちほど店に立ち寄るということはすでに伝えてあったから、十内が名乗ると、すぐに戸が開けられた。

「お待ちでございます」

開けてくれたのは丁稚《でっち》だった。勝八という番頭と違い、愛想がいい。商売人はこうでなくちゃと思う。

丁稚に早速客座敷に案内されると、すぐに源兵衛がやってきた。

「もう少しお早いかと思っていたのですが……」

「寄り道をしていたのだ」

「それでは早速に娘を呼びま……」

「いや、待ってくれ」

十内は手をあげて制すると、

「寄り道というのは文兵衛が借りていた店だ。表から眺めただけであるが」

店のなかに入ったといえば、あとでまずいことになりそうなのでそういって、言葉を足した。

「文兵衛が消えたあとで借りた者の名や所在はわかるか」

「なぜ、そのようなことを？」

「気になるのだ」

「いまはわかりませんが、調べればすぐにわかるはずです」

「では、調べてもらいたい」

「明日にでもわかるでしょう。いま、娘を……」

源兵衛はそういって、奥に声をかけた。

待つほどもなく、障子が開かれ、作法通りに源兵衛の娘・お春が現れた。瞬間、十内は二度、三度とまばたきをした。

二

「娘の春でございます。この度はお世話になります。どうぞ、お茶を……」

お春はそういって、すうっと茶托《ちゃたく》にのせられた湯呑みを差しだした。細くてしなやかな指だった。

「早乙女十内と申します」

十内はそういってお春を眺めた。美形である。猫目の瞳は黒々と澄んでいる。肌は蠟のように滑《なめ》らかで白かった。二十一歳と聞いていたが、面立ちがよいのでもう少し年若に見える。

「では、わたしは席を外しますので、あとは早乙女様におまかせいたします」

源兵衛は断りを入れて、座敷を出ていった。

十内はひとつコホンと空《から》咳をして、茶を飲み、お春を見た。猫目でじっと見つめてくるので、視線がぶつかった。お春は端然と座ったまま無表情だ。

「文兵衛はお春さんに断りもなく、突然姿を消したのですね」

「はい」

「夫であった文兵衛がこの店の、つまりそなたの実家の金を盗んだことに気づいたのはいつです？」

「それはずっとあとになってからのことでした。わたしはあの人がいなくなってからも、ずっと独りで暮らしておりましたので……」

十内は眉をひそめた。お春は冷たく取り澄ました顔をしているが、しゃべると少し舌足らずで、見た目にそぐわなかった。

「それはどれぐらい……」

「一月ほどです」

「それじゃ文兵衛が店の金を盗んで消えたと知ったのはいつです」

「それから三月ほどたってからだったと思います。いいえ、四月ばかりたってからだったかしら。わたしのことを思って、おとっつぁんが隠していたのです。すぐに教えれば、わたしが病にかかって伏せてしまうとでも思ったからだと思います」

「だが、文兵衛が行方をくらましてすぐに、店の金が盗まれたと、源兵衛殿は気づいていた。そういうことですね」

「おそらくそうだと思います。だからあの人がいなくなって一月後に、わたしを呼び戻したのです」

「ふむ」

十内は湯呑みを持って、浮かんでいる茶柱をしばらく眺めた。

「文兵衛はよくこの店に来ていたのですね」

「あまり来たことはありませんでした。おそらく二度、いや三度、四度あったかなかったか、だと思います」

「それじゃこの店のことを、隅から隅まで知っていた、というわけではなかったということだろうか」

「おそらく、知らなかったと思います」

「それなのに、文兵衛はうまく押し入り、まんまと二百三十四両を盗んだ」

「…………」

「文兵衛が消える前に、変わったことはありませんでしたか。お春さんが変だと思われるようなことは。つまり、妙な仲間がいたとか、訪ねてきたりとか……」

お春は相変わらずの能面顔で首を横に振った。

「文兵衛は外出はあまりしなかったということでしょうか」

「いいえ、あの人は腕のいい飾り職人で、伊勢守《いせのかみ》様のお屋敷に度々行っておりました」

「伊勢守……」

「信濃《しなの》高島《たかしま》藩諏訪《すわ》家のお屋敷です。木挽町にございます。文兵衛はお殿様に気に入られたのか、出入り御用を許されていたのです」

「ほう。それは大したことだ。それなのに、盗みをはたらくとはけしからぬやつだ。それも嫁の実家の金を……」

十内はぬるくなった茶に口をつけた。

「文兵衛が付き合っていた仲間を知っていますか？　ことに仲良くしていた者とか……」

「それがわたしはあまり存じていないのです。あの人はそんなお友達のことを口にしませんでしたし、家に遊びに来るような方もあまりおりませんでしたから」

「一人ぐらいいるでしょう」

お春は宙に目を彷徨《さまよ》わせ、しばし考えた。その間も無表情であった。

「同じ飾り職人の甚五郎《じんごろう》さんなら、少し知っています。たまに遊びにいらしたので」

お春は急に声をひそめた。

「甚五郎はどこにいます？」

「さあ詳しくは知りませんが、日本橋北の十軒店《じゅっけんだな》だったとお聞きしたような……」

自信なさそうにいい、お春はちらりと背後を振り返った。襖の向こうに人の気配がある。十内はその人間が、お春との会話を盗み聞きしていることに気づいていた。

「十軒店ですね」

おそらく調べればわかるだろう。その後、お春にいくつかの質問をぶつけたが、気になるようなことは聞けなかったばかりか、文兵衛とお春がいっしょの屋根の下に暮らしたのは一月もなかったということがわかった。

「また、訊ねることがあるかもしれませんが、今夜のところはこのあたりでよいでしょう」

「では、失礼いたします」

丁寧に頭をさげてお春はさがった。

十内が冷たくなっているお茶に口をつけると、源兵衛がお春と入れ替わるように入ってきた。盗み聞きしていたのは、源兵衛だったのだ。

「何かためになるようなことは聞けましたでしょうか……」

「それはどうかわからぬ。それより、文兵衛が消えたあとで、あの店を借りた者はなにを商っていたのだ」

「紅です。もっとも白粉《おしろい》や鬢《びん》付けなども置いてあったようですが、あの場所は商売には不向きなのかもしれません。いまも借り手がつかないままのようですから……」

「源兵衛殿、文兵衛を探すのはなかなか厄介《やっかい》のようだ。もっとこれといった手掛かりはないだろうか」

「それがわかっておれば、早乙女様に相談などいたしません」

「ま、そうであろうが……ないというわけか」

「あと九日です。しっかりお願いいたしますよ」

源兵衛は丁寧に頭を下げはするが、それは形ばかりだとわかる。

（この男も食えないな……）

「それじゃ、まあ今夜は引きあげるとしよう」

十内は差料《さしりょう》を引きよせた。

三

昨日とは打って変わって、からっと晴れた青空が広がっていた。服部洋之助は北町奉行所からやってきた使いの話を聞くと、

「うむ、そうか。早速にも調べに出ることにいたす」

といって、使いを追い返すと、中間《ちゅうげん》の弥平《やへい》を松五郎の家に走らせ、通いの小者・弁蔵《べんぞう》をともなって自宅屋敷を出た。

「憎らしいほどいい天気じゃねえか」

洋之助は殺しの連絡だったというのに、のんびり歩きながら空を眺める。目の前を燕《つばめ》が低く飛び去ってゆく。与力《よりき》屋敷の塀からのぞく松の緑が色鮮やかだ。

「それにしても朝っぱらから殺しだとは、縁起が悪い」

「死体が見つかったのは昨夜《ゆうべ》だといいますが、何か下手人につながるものでも残っ

てればいいんですが……」

後ろからついてくる弁蔵が遠慮がちにいう。がに股《また》に股引《ももひき》、膝切りの着物というなりで、腰に十手を差している。

「まあ、まずは死体をあらためてからの話だ」

洋之助は剃《そ》りたての顎《あご》をなでさする。日髪日剃りは、欠かせない日課なので、剃りたての顎はつるつるだし、髷には櫛目《くしめ》がきれいに通っている。

八丁堀の与力・同心屋敷の路地を抜けて、楓川《もみじがわ》に出ると、そのまま河岸道を南へ辿《たど》り弾正橋《だんじょうばし》をわたった。町奉行所の使いの話では、死体が見つかったのは木挽町六丁目にある空き店だという。死体の名も身許もまだ不明だ。

その死体が安置されていたのは、木挽町の自身番だった。

朝日を照り返す腰高障子《こしだかしょうじ》をガラリと開けると、自身番詰めの名主《なぬし》と書役《かきやく》と番人が、揃って頭をさげて挨拶をする。洋之助は尊大に挨拶を返して、

「死体をまずはあらためよう」

といった。

死体は自身番裏の狭い空き地にあった。空き地といっても一坪あるかないかで、

板囲いの仕切りがある。

「死体を見つけたのは誰だ？」

洋之助は筵《むしろ》をめくって死体の顔を見てから、立ち合っている書役と番人の顔を交互に眺めた。

「それが投《な》げ文《ぶみ》があったんでございます」

「投げ文だと……」

「へえ、六丁目の元紅屋に死体があると、そう書かれた文が投げ込まれまして。悪いいたずらじゃないかと思ったのですが、行ってみるとたしかにそうでして……」

答えたのは書役だった。町名主の補佐役で、算筆を担当するいわば記録掛《がかり》である。

「その文はあるんだろうな」

「とってあります」

「あとで見せてもらおう。だが、文を投げ入れた人間はわからないというわけだ」

洋之助は死体をあらためた。土手っ腹をひと突きされて息絶えているのがわかる。

他に傷はなかった。

「こいつに覚えは？」

「ありません。近所の者に訊ねてみたんですが、知っている者はいませんでした」

若い番人が答えた。

「死体のあったところに行ってみるか……」

洋之助は死体に筵を被せなおして立ちあがった。

書役と番人の案内で、洋之助と弁蔵は木挽町六丁目の空き店に行った。

間口二間の小さな店だった。

「表戸は閉まっていましたが、昨夜こじあけたんです」

番人がいいながら、戸障子を引き開けた。

空き店だからがらんとしている。三和土《たたき》の先が帳場で、幅三尺ほどの土間が勝手口までのびている。勝手口のそばが竈と流しのある台所だ。

帳場の裏に座敷があり、その隣が四畳半の居間になっていた。江戸の商家はおおむね似たような造作《ぞうさく》だ。

死体は座敷にあったという。たしかに、血を吸ったそのあたりの畳が黒いしみとなっている。

「どうやって死んでいた？」

「俯せでこんな感じでした」

番人が死体の真似《まね》をした。洋之助は店のなかを見てまわったが、これといって気になるようなものはなかった。ただ、土足であがった人間が何人かいたらしく、埃《ほこり》のたまった畳や上がり框の板に足跡があった。

それに目を凝らした洋之助は、番人と書役を振り返った。

「昨夜、おまえたちは何人でここに来た?」

「四人です。わたしともう一人の店番と清吉さん、それから親分です」

清吉というのは書役だった。親分というのは南紺屋町《こんやちょう》の岡っ引きで三次郎という。

「四人……ふむ……」

洋之助は当然知っている。

洋之助は足跡をもう一度見てまわり、四人以上の人間がいたのではないかと思った。もっとも、殺された死体のものと下手人の足跡も残っているはずだから、少なくとも六人の足跡があってもおかしくはない。しかし、足跡だけで人数を特定をするのは難しい。

「よし、番屋に戻るか……」

洋之助がそういったとき、松五郎と岡っ引きの三次郎がやってきた。三次郎はぎょろ目なので、〝出目の三ちゃん〟というあだ名がある。つけたのは洋之助だ。そういうことが好きなのだ。

洋之助はわかっていることを松五郎と三次郎に手短に話してから、

「おめえらは近所の聞き込みだ。昨夜あやしい人影を見た者がいるかもしれねえ。おれは番屋で待っているから、何かわかったら伝えに来るんだ」

と、命じて空き店をあとにした。

「あの店はいつから空いているんだ」

洋之助は歩きながら清吉に訊ねる。

「四月ほど前でしょうか。紅屋だったんですが……」

「それからずっと空いているってわけか」

「さようです」

「ふむ。熱い茶を飲みたくなった」

「帰ったら、すぐに淹れます」

十手で肩をたたきながら歩く洋之助は、

（こりゃあ、厄介な判じ物になるかもしれぬ）

と、胸の内でつぶやいた。

四

「あれ、まだ寝ているわよ」

十内はそんな女の声に気づいた。

「お夕ちゃん、起こしてあげて。あたし、お湯を沸かすから」

これは由梨の声だとわかる。それでも十内は目を閉じたままだった。

（こいつら人の家をなんだと思っているのだ）

十内は目をつむったままぼやく。瞼が重くて開けるのが億劫《おっくう》だ。

足音が近づいてきて、何やらいい匂《にお》いが鼻腔をくすぐる。お夕の持っている匂い袋だろう。枕許に座る気配があったので、十内は夜具からさっと両手を出して、目にも止まらぬ早業でお夕を抱きよせて、そのまま口を吸った。お夕が「うぐうぐ」と声を漏らす。十内はかまわずに、八つ口に手を差し入れ、お夕の胸をつかんだ。

（おお、やはりさわり心地がよい）

と、満足したのも束の間《つかのま》、頬を思い切り引っぱたかれて目が覚めた。さっとお夕が離れて、居ずまいを正す。

「馬鹿ッ」

お夕は罵るが、その目は怒っていなかった。潤んでいるようにも見える。

「なんだ、おまえか。夢を見ていたんだ。それにしてもほっぺが……」

十内はたたかれた頬をなでながら半身を起こした。

「あれ、お夕じゃないか。なんでここにいるんだ」

「ふん、とぼけないで。いま、何をしたの」

「何をッて、何もしておらぬが……何かあったか？」

「もういい。それよりもうとっくに日が昇っているわよ。いつまで寝坊しているんです」

ぶつぶついいながらお夕が雨戸を開けると、さっと明るい日射しが寝間を満たした。十内はまばゆさに顔をそむけたが、

「いま、何刻《どき》だ？」

と、訊ねた。

「五つ（午前八時）の鐘が鳴ったのはとっくの昔よ。もうすぐ四つ（午前十時）じゃないかしら……」

「なにッ。もうそんな時刻か……」

十内は夜具を払いのけて飛び起きた。褌一枚だったので、お夕が見てはいけないものを見たという顔で、手で顔を覆った。

十内は急いで着替えにかかる。襦袢《じゅばん》、いつもの小袖、いつもの派手な帯、そしていつもの羽織。その慌てぶりをお夕が首をかしげて見ている。

「なに慌てているの？　いま由梨ちゃんがお茶の用意をしているわ」

「こうしちゃおれん」

「変な人」

十内はお夕を無視して差料をつかむと、座敷に移った。

「おはようございます。早乙女ちゃん」

由梨が邪気のない顔で微笑む。

「その〝ちゃん〟というのは何とかならぬか。嫌いなのだ」

「あたしは気に入ったわ。はいお茶」

由梨が湯呑みを差しだした。十内はひったくるようにして湯呑みをつかむと、そのまま口をつけた。

「あっちちッ」

熱い茶を半分噴きだしてしまった。

「茶はもういい。おい、おまえたち留守番をしておれ。おれはゆっくりしておれぬ忙しい身でな。じゃ、頼んだからな」

すっと雪駄を履くなり、そのまま表に飛びだした。

「じゃあ、二人で留守番しているわ」

「行ってらっしゃいませー」

どっちが由梨でどっちがお夕の声だかわからなかったが、かまっている暇はなかった。

洗面もせずに家を飛びだした十内は、神田堀のそばまでやってきて、

(はて、今日はどこへ行く予定であったか……)

と、足を止め、高く昇った日の光に照り映えている浜町堀を眺めた。そばに幽霊

橋があり、そのあたりから浜町堀といい、それまでを神田堀と、土地の者は呼んでいる。

記憶の糸を辿りながら幽霊橋の上まで来て、はたと思いだした。そのまきびすを返して、北へ向かう。

町を抜け、柳原《やなぎわら》通りに出ると、今度は東に向かう。荷物を背負《しょ》った行商人や馬を引く人足、大八車を押す車力《しゃりき》とすれ違う。

「萌黄《もえぎ》の蚊帳《かや》ァ……蚊帳ァ……萌黄の蚊帳ァ……」

売り声をあげながら路地から出てきた蚊帳売りがいた。十内はさっさと歩く。左は柳原土手で、ずらりと柳の木が並んでいる。青々とした長い枝葉が風に揺れていた。

新シ橋の南に豊島町《としまちょう》があり、通りに面した古ぼけた飯屋がある。「めしや　栄」という看板がさがっている。破れ放題の腰高障子を引き開けると、飯台を置いてある土間席に一人の男が座っていた。

「いたか……」

「これは先生、お早いお出ましで」

そういうのは孫助《まごすけ》という馬面の男だった。四十代か五十代か年齢不詳の酔っぱらいだ。その日暮らしの日傭取《ひようと》りで、金になるのだったら下男でも死体の処理でもやる男だった。一度、種（情報）を拾う手伝いをさせたら、意外や意外ためになるものを集めてきた。それ以来、ときどき声をかけて、仕事を手伝わせている。

「朝から酒とはいい身分だ。といってもおまえの場合はいつものことではあるが……」

十内は孫助のそばに腰をおろして、店の者に茶漬けを注文した。

「頼みがある」

「へえ、なんでげしょう？」

孫助は鼻の頭も頬も酒で赤くしていた。

「調べてもらいたいことがある。相手に知られずにそっと嗅《か》ぎまわってくれるか」

「へえ、相手は？」

「弓町に伊豆屋という蠟燭問屋がある。そこの主の源兵衛と勝八という番頭のことだ」

孫助はうまそうに酒を舐《な》める。

十内は源兵衛と勝八の特徴を話した。二人のことは、仕事の依頼を受けたときから胡散臭《うさんくさ》いと思っていた。何より、人を見下すような二人の目つきが気に入らない。それに日限り十日で五十両は破格な気がする。源兵衛は二百三十四両盗まれている。そのなかから五十両は太っ腹すぎるのではないかという疑心があった。

それだけではない。娘のお春と問答をしたとき、お春は源兵衛から聞いたことを大まかになぞったような返答しか寄こさなかった。それはあらかじめ十内の問いかけを、推量してのことだったような気がするのだ。もっといえば、お春は源兵衛に教え込まれたことをしゃべったということである。もっとも、勘ぐりすぎかもしれないが……。

「伊豆屋の旦那と番頭のことを調べりゃいいんですね」

「そうだ。あまり暇がないので、明日中に調べてくれれば助かる」

「ずいぶん急ぎじゃありませんか」

「急いでいるんだ。これは酒手《さかて》だ。うまく調べてきたらもう一枚足してやる」

小粒（一分金）をにぎらせると、孫助の目尻に嬉しそうなしわが増えた。額にある蚯蚓《みみず》のようなしわも深くなった。

「それじゃ気合を入れてやりますよ先生」

「先生は余計だ」

「いいえ、あっしのような男から見れば、立派なお侍はみんな先生です」

茶漬けが運ばれてきたので、十内は早速取りかかった。

五

「それにしても文兵衛が借りていた店に隠れようとしたとは、升蔵という男も焼きがまわったものだ。それで、文兵衛の居場所はわかったのか」

近藤左右衛門《こんどうさえもん》は餡蜜《あんみつ》をすすり込んで、塵紙《ちりがみ》で丹念に口をぬぐい、駆けつけてきた長次を見た。

「それがわからねえとぬかしやがるんです。さんざん脅したんですが、どうにもしゃべらねえので……」

長次は左目の横にある小さな古傷を指先で掻《か》いた。額が狭く、顎の尖った男だった。

「知っていそうになかったと」

「いえ、やつは文兵衛に裏切られたといっておりやした。だから、あっしらの仲間に入れてくれと、そういったんですが……」

「ふむ、そうかい。追い込んだのはいいが、なにも聞けなかったというわけか。それで升蔵という男はどうした」

「始末しました」

左右衛門は黙って煙管を使った。そばにいた手下が煙草盆を膝許によせてくれる。そこは千住《せんじゅ》大橋を渡った先にある橋戸町《はしどちょう》の貸座敷の二階だった。長次の他に、煮ても焼いて食えない面構えをした四人の仲間が、黙って二人のやり取りを眺めていた。

「死体はどうした？」

左右衛門は口を鮹《たこ》のように尖らせて、細く長い紫煙を吐いた。鷲鼻《わしばな》に薄い唇、長細い吊《つ》り目である。

「そのままにしておきました」

「アシはつかないだろうな」

「その心配はありません。ただ……」

左右衛門は口ごもった長次を見た。どうしたと、訊ねる。

「升蔵を始末して店を出ようとしたとき、男が入り込んできたんです。誰だかわからなかったんで、心張り棒で殴りつけました」

「殺してはいないってことか……」

「へえ、そこまでやることはないと思いまして。それにやつは気を失っちまいましたから、そのまま置き去りにして逃げました」

「長次、そいつが何ものか調べもせずに立ち去ったというのか……」

左右衛門は長次をにらむように見た。

「ありゃあ升蔵や文兵衛の仲間じゃありません。それに町方でもありません」

長次はそういって男の風体《ふうてい》を短く説明した。

「まっ赤な帯を締めていた……」

「へえ、袴《はかま》は穿《は》いていませんでしたが、羽織は着ていました。手に深編笠を持って……おそらく食いっぱぐれの浪人が、夜露をしのぐために……」

「黙れッ」

左右衛門は遮って、煙管の雁首を煙草盆に打ちつけた。長次がビクッと肩を動かして顔をこわばらせた。

「おまえは心配ないというが、おれは今の話を聞いて落ち着いてはいられぬ。相手が町方でなかろうが、ただの浪人であろうが……」

「待ってください、お頭」

今度は長次が左右衛門を遮った。

「やつはいまごろお縄になっているはずです。それも升蔵殺しの下手人として……」

「どういうことだ？」

「あっしはあの野郎を殴り倒して逃げましたが、途中で名案を思いついたんです。それで、半紙にあの店で人が倒れていると走り書きをして、その文を番屋に投げ入れたんです。番屋の人間はしばらくしてから駆けていきました。そこには升蔵の死体と、気を失っている浪人が倒れてんです」

左右衛門はあきれたように首を振った。

「きさまはあきれた馬鹿だ。気を利かせたつもりだろうが、それじゃなんの役にも立っちゃいないはずだ。まあ、浪人を殴り倒したまではいい。だが、升蔵殺しをなすりつけるんだったら、一度その浪人の脇差《わきざし》を借りて、もう一度升蔵を刺して血糊《ちのり》をつけておかなければならなかった。だが、きさまはそんなところまで頭がまわらなかった」

長次はうっかりだったというように、目をみはっていた。

「きさまはその浪人も殺しておくべきだった。投げ文なんかどうでもよかったんだ。とんだたわけたことを、これだからやってられないっていうんだ」

左右衛門は湯呑みをつかんで茶を飲んだ。喉仏《のどぼとけ》が動き、ゴクゴクという音がした。

「それじゃどうすりゃいいんです……」

左右衛門はため息をついてから口を開いた。

「文兵衛は江戸に戻っている。それはたしかなことだ。やつはすぐに江戸を離れるつもりはないだろう。離れないばかりか、江戸に住みつく考えかもしれぬ。だが、とりあえず打つ手は打ってある。しばらくは様子見だ」

「それじゃ何もしなくていいとおっしゃるんで……」

「いいや、てめえはてめえの尻ぬぐいをしなきゃならぬ。きさまが殴り倒したという男のことは覚えているか？」

長次はしばらく視線を彷徨わせてから、

「顔を見りゃそれとすぐにわかります。これでも覚えはいいほうなんです」

左右衛門はふんと、鼻先で嘲笑《あざわら》った。とんだ間抜け野郎である。

「会えばその浪人だとまちがいなくわかるというんだな」

「わかります」

長次は自信ありげにいう。

「そうかい。そういうことなら、あまり日を置くと覚えた顔もおぼろになってゆくだろう。きさまはこれから江戸に戻って、その野郎を探して始末するんだ」

「へえ、お頭がやれとおっしゃるんでしたら……」

「ただ始末するんじゃねえぜ。なぜ、あの店に入り込んだか、そのわけも聞きだすんだ。どっちかといえば、それが大事なことだ。一人じゃ心許《こころもと》なかろうから、与三郎、おまえが助をするんだ」

「へえ、ようござんす」

与三郎は快く返事をする。

「長次、動くのは少し休んでからでいい。それまで向こうへ行って休んでいろ」

左右衛門はそういって長次を別の座敷に追い払ってから、与三郎をそばに呼んだ。

「耳を貸せ」

与三郎が耳をよせてくる。

「長次のいう浪人を見つけたら闇討ちをかけるんだ。相手は二本差しだろうから、油断はするな。それから殺す前にどういう素性の者か聞きだせ。なぜ、文兵衛のやっていた店に入り込んだのか、それも聞くんだ」

左右衛門は念を押すように、長次へ指図《さしず》したことを繰り返した。

「承知しやした」

「それがうまくいったら長次も……」

左右衛門は自分の首に手刀をあて、斬《き》る仕草をした。

六

十内は日本橋北にある十軒店の甚五郎の家を訪ねていた。お春から聞いた文兵衛の友人である。

「どうぞ」

甚五郎は淹れた茶を十内に差しだした。

「かたじけない。それで最後に文兵衛に会ったのはいつだ」

「やつの姿がとんと見えなくなる前です。なぜ、いなくなったのか、あっしにもわからないことで……」

「文兵衛がいなくなったそのわけは知っているか？」

「いいえ。さっぱりです。やつは腕のいい職人で、伊勢守様のお屋敷への出入りを許されていた男ですし、仕事もうまくいっていたはずですから。正直なところ、あっしは羨《うらや》んでもいたんです」

甚五郎は自嘲《じちょう》の笑みを浮かべて茶に口をつけた。四十半ばだろうが、やけに小じわの多い男だった。居職《いじょく》の職人で狭い長屋の家を仕事場として使っている。台所の皿や丼を見ると独り身のようだ。

「伊勢守様というのは信濃高島藩のお殿様のことだな」

「さようです」

「女房のお春とはどうだったんだろう。なにか気づくようなことはなかったか？」

十内は目の前を飛び交っている蠅《はえ》を払って、甚五郎を凝視《ぎょうし》する。戸口から入り込む日の光が、膝許を一際明るく照らしていた。

「それはまあ……」

甚五郎は口を濁してから、

「こんなことあんまりいっちゃいけねえんでしょうが……お春さんが家に戻ったから、いっちまいますが、文兵衛は半ば押しつけられたようなもんなんです」

と、いった。

「押しつけられた？」

「伊豆屋の旦那にってことです。ご存じかどうか知りませんが、お春さんは器量は決して悪くないが、愛想のない女です。どうも醒《さ》めた目で人を見るんで、こっちも話しづらかったんですが、文兵衛もそのことを気に入っていませんでした」

そういった甚五郎は、以前、文兵衛が口にしたことを話した。

――もうちょっと愛想良くしてもらいてえんだけどなぁ……。

酒を飲んでいるときに、文兵衛はそう愚痴ったという。

——もっとも、お春をもらい受けたからおれも店を出せることになったんで、あんまり贅沢なことはいえませんけどね。

「しかし、あっしはいってやりました。愛想がなくても文句もいわずに家のことをこまめにやってくれるんだから、ありがたく思えってね。まあ、子供でも出来りゃやつの考えも変わると思っていたんですが……ひょいといなくなっちまって……もうあれから一年はたつんですかね」

なつかしそうな顔をしていった甚五郎は、のんびりした所作で茶を飲んだ。日が翳《かげ》り、家のなかがすうっと暗くなった。

「それじゃ文兵衛が伊豆屋の金を盗んで逃げたってことは知らないわけだ」

十内の言葉にひょいと甚五郎の顔があがった。

「なんですって……」

「他言無用だが、文兵衛は伊豆屋の金蔵を破って逃げたのだ」

「ほんとですか?」

甚五郎は驚いたように口を半開きにして、目をしばたたいた。

「だから、おれは文兵衛を探すように頼まれているのだ。しかし、この一件はお春の先行きに関わることだ。後添いになるとしても、元盗人の女房では具合が悪い。伊豆屋はこっそり文兵衛を捕まえたいのだ」

「それじゃ御番所には訴えてないってことで……」

「さようだ。よいか、このことかまえて他言するな。まだよくわからぬことだからな」

「へえ、そりゃまあ、黙っていますが……」

「おれは文兵衛が一人で店の金を盗んだというのがどうも解《げ》せぬのだ。やつを唆《そそのか》すような仲間がいたんじゃないかと思うんだが、心あたりはないか？」

「さあ、それはどうでしょう」

甚五郎は腕組みをして考える。また日が出てきて、家のなかが明るくなった。手で払っても蠅は飛びまわっている。

「誰でもいい。気になるような男がいれば教えてくれ。むろん、おぬしのことは黙っている」

「あっしはやつとは年が離れておりやすから、あまりよくは知りませんが、気に食わない男がいました。……やつは一時ぐれているときがありましてね。やつがまだ半人前のころです。そんときあっしがきっと叱《しか》って目が覚めて仕事に精出すようになったんですが、まだそんなやつらとつながりがあったとすりゃあ、一枚嚙んだか、嚙ませられたのかもしれません」

「その男のことはわかるか？」

「一人は太吉という与太者《よたもの》です。もう一人いましたが、そいつのことはよく知りませんで……」

「太吉はどこで何をやっている者だ？」

「仕事をしているかどうか知りませんが、土橋《どばし》の太吉という通り名を持っていたようですから、二葉町界隈《かいわい》に行って聞けばわかるはずです」

「太吉だな」

「あっしが知ってるのはそんなもんです。それにしても文兵衛の野郎が盗みを……わからねえもんですね」

「そのことは一件が片づくまでないしょだ」

十内は仕事の邪魔をしたのでといって、心付けを甚五郎に渡した。

「あ、旦那。もうひとつ気になることを思い出しました」

十内が立ちあがったとき、甚五郎が呼び止めた。

「お春さんですが、どうも二親とうまくいっていなかったようです」

十内は眉宇《びう》をひそめた。

「お春さんがぼそっとあっしに漏らしたことがあるんです。文兵衛にもらわれてよかった。自分は家を早く出たかったし、両親は自分のことをよく思っていないからと……そんなことをあっしにいったことがありました。いえ、だからどうだというわけではありませんが……」

「覚えておこう。また何かあったら寄るかもしれぬ」

十内はそのまま表に出た。

七

千住宿を発《た》った与三郎と長次は、上野広小路の外れにある蕎麦《そば》屋で一休みしていた。

長次がつるつるとすすったそばを喉に流し込む。先に食べ終わった与三郎は、残

りの酒を舐めるように飲んでから、

「おめえはそういうが、江戸は広いんだ。めったに見つけられるもんじゃねえだろう」

と、長次をにらむように見た。

「派手な帯が目印だ。あんなまっ赤っかの帯を締めるやつァ江戸広しといえど、そういるもんじゃねえさ。粋好きの浪人に決まってる。そんな野郎にかぎって金なんか持ってねえから、あの空き店を一晩の仮の宿にしようと思ったんだろう」

「在《ざい》から流れてきた浪人だったらどうする。もう江戸を離れてるかもしれねえぜ」

「だから、それはねえっていってんだろう」

「やつは升蔵殺しの疑いをかけられているにちげェねえ。おれはそうなるように投げ文をしたんだから……」

「だったら仕事は早いが……」

「そう心配するこたァねえさ。それにしてもここのそばは悪くねえ」

長次はたっぷり汁《つゆ》をつけたそばをつるつるやる。

与三郎は長次があまりにも自信たっぷりにいうので、思いの外《ほか》早く一仕事できるかもしれないと思った。

(それにしてもこの野郎は、いつも調子がよすぎる)

ふんと、長次にわからないように鼻で笑って、酒をあおった。

店を出ると、そのまま木挽町に向かった。

近道をするために町屋の裏や武家地を通り抜ける。路地には燕が飛び交っており、武家屋敷地からのどかな鶯《うぐいす》の声が聞こえてくる。ときどき、山梔子《くちなし》の匂いが風に運ばれてきた。

「その浪人を見つけられなかったらどうする?」

与三郎は歩きながら長次を見る。

「そんときゃあれだ。見つけて始末したといっておきゃいいんだ」

「近藤さんは、どこの何者か調べてこいといってるんだ。誤魔化《ごまか》しはきかねえぜ」

「おめえも堅いことをいうな。こんなことは適当にいっておきゃどうってことねえだろう。在から……そうだな小田原あたりから流れてきた浪人で、食いっぱぐれているやつとでもいやいいんだ。榎本吉右衛門という名だとかって、適当な名をこさえてよ」

「甘く見ねえほうがいいぜ。近藤さんは、そんな誤魔化しはすぐ見破る。比婆山《ひばやま》の左右衛門といえば、その筋では名の通った盗人だ。それに元は諏訪のお殿様に仕えていた徒目付《かちめつけ》だ」

「そんなこたァ百も承知だ。おめえは気をまわしすぎなんだよ」

(だめだ、こいつは……)

与三郎はやはり長次を斬ろうと思った。こんな男とこの先、手は組めない。比婆山の左右衛門の指図は正しいと、いまさらながら思った。

しかし、長次を斬るのは、赤い帯を締めた浪人を探したあとである。

十内は木挽町の自身番のそばまでやってきた。深編笠の陰に隠れている双眸《そうぼう》を自身番に向けたまま、訪ねてよいかどうか、しばらく考える。

あの死体は当然自身番に運ばれている。すると、町奉行所の調べがあったはずだ。下手に訪ねれば、町方の訊問《じんもん》を受けるかもしれない。

(番屋を訪ねるのはよしたほうがよいか……)

十内はそう結論づけはしたが、しばらく様子を見るために、近くの一膳飯屋に入った。まだ、朝餉をとっていなかったので、昼餉と併せてすますことにした。

飯屋は昼餉の支度中で、簡単なものしかできないという。それでもかまわない、ありものを出してくれと女中に頼むと、ひじきの煮物と納豆、目刺し、生玉子、漬物にみそ汁という取り合わせが運ばれてきた。

舌が肥えていて味にうるさい十内ではあるが、不満はなかった。飯を食べながらも、櫺子《れんじ》格子《ごうし》の向こうに見える自身番に目を注ぐ。詰めている番人や店番が出てくれば、あとを尾けるつもりだった。だが、その気配はない。

「お女中、昨夜物騒なことがあったらしいな」

茶を注《つ》ぎ足しに来た年増の女中に、さりげなく声をかけると、

「へえ、なんでも殺しがあったということでした」

と、ちゃんと知っている。

「殺されたのは誰だか聞いているか？」

「いいえ、親分があちこちに聞きまわっていますけど、まだ下手人のこともわかっていないようです」

「親分というのは……」

十内は口許に人を安心させるような、やわらかい笑みを浮かべて女中を見る。

「この界隈を仕切っている三次郎さんです」

これで岡っ引きの名がわかった。

「その三次郎はやっぱり木挽町に住んでるんだろうな」

「四丁目に住んでいます。おかみさんは同じ通りで煙草屋をやっていますよ」

女中は丁寧に教えてくれる。そのとき、自身番に歩いてゆく男の後ろ姿が見えた。着物を短く端折り、股引を穿いた男だ。岡っ引きだとわかる。あれが三次郎かもしれないと思い、勘定の他に心付けを女中に渡して店を出た。

表で様子を探っていると、自身番に入った岡っ引きはすぐ表に姿を現し、一方に歩いていった。汐留橋《しおどめばし》の方角である。十内は見送ってから尾行を開始した。

ところがいくらも歩かないうちに、背後から「おい」と声をかけられ、肩をたたかれた。

岡っ引きに気を取られていた十内は、一瞬驚いて振り返った。

にやけた顔がすぐそばにあった。

第三章　小雪

一

「めずらしいところで会うじゃねえか」

服部洋之助だった。十内の深編笠を指先で持ちあげて、言葉を足す。

「どうもそうじゃねえかと思ったら、やはりそうだった」

「おい、何やってんだこんなとこで」

声を荒らげ、肩をいからせるのは松五郎である。

「何をやっていようが人の勝手だ。雑魚《ざこ》には用はない」

十内がぴしゃりといってやると、「なにをこのォ」と、松五郎が顔を紅潮させる。

十内はそんな松五郎のことなど歯牙《しが》にもかけず、

「服部さん、ずいぶんひどいことをするもんだ」

と、洋之助をにらんだ。

「何をだ。おれは何もしておらぬよ」

洋之助はふっと指先を吹いて、耳をほじった。

「大貫屋の謝礼をくすねただろう」

「おいおい、御番所の同心を捕まえて、くすねたなんてひどいことはいわねえことだ。あれは迷惑料だ。ちゃんと大貫屋にそう話してある。大貫屋も納得をしてくれたことだ」

「おれは承知しておらぬ」

「まあ、早乙女ちゃん、そう目くじらを立てるな。せっかくの色男が台無しだ」

「誤魔化すんじゃない」

「おいおい、鼻息が荒いな。おれはもうあの件についちゃ四の五のいわぬから、ここはまあ黙って堪《こら》えてくれ。お互いのためだ。だがよ、早乙女ちゃんよ、おまえさんがおれたちの調べの邪魔をしたのはたしかなことだ。おれがその気になれば、咎《とが》め立てをすることだってできるんだぜ。ええ、どっちが得か考えるまでもなかろう」

（くそ、食えねえ町方だ）

十内は腹の内で毒づく。だが、町方相手に揉め事を起こせば分が悪いのはよくわかっている。ひいては父親や兄の仕事にも影響を及ぼすかもしれない。

「ところで、何をやってるんだ？」

「ぶらっと来ただけだ」

「そうかい。それじゃとっとと帰ることだ。この辺は物騒だからな」

十内の肩をぽんとたたいて立ち去ろうとする洋之助をすぐに呼び止めた。

「殺しがあったそうじゃないか」

相手が年上だとわかっていても、こうなったら同等の口を利くことにした。洋之助の顔が振り向けられた。

「誰からそんなことを聞いた？」

「もうこの辺じゃ噂になっている。殺されたのは誰だ？」

「おい、またおれたちの調べをかきまわそうって魂胆じゃないだろうな。それだけは勘弁願うよ。だが、まあおまえさんはよろず相談所の主だから教えてやろう。殺されたやつの名も身許もわかっちゃいない。ついでに下手人のこともな。いま、その尻尾《しっぽ》を押さえようと調べているところだ。おっと、まさかおぬしに心あたりがあるっていうんじゃないだろうな」

洋之助は同心の目になって聞いてくる。

「与り知らぬことだが、顔を見ればわかるかもしれぬ」

十内は相手の興味を惹《ひ》くことを口にした。

「そうか、それじゃこれを見てくれ」

洋之助は懐から二枚の紙を取りだした。一枚は殺された男の特徴を描いた人相書きで、もう一枚は似面絵《にがおえ》だった。十内は例の空き店で見た死体を脳裏に思い浮かべた。似面絵はよく特徴をとらえていた。

「どうだい。見知っている顔ではないか……」

洋之助がのぞき込むように見てきたが、十内は知らない顔だとかぶりを振った。

「どこの誰であるか、それもわからないのか」

「おい、口の利き方に気を付けねえかッ」

松五郎が喚《わめ》く。十内はもう慣れっこになったので、見向きもしない。

「わかってりゃ苦労はしねえさ」

洋之助はそういって人相書きと似面絵を懐にしまい、

「気になることがあったら、おれに知らせてくれるか。当面、そこの番屋に詰めることになるだろうからな」

といって松五郎をうながして自身番に歩いていった。

十内が尾けようとしていた岡っ引きの姿はもうどこにもなかった。こうなったら、甚五郎から聞いた土橋の太吉という男に会うのが先だ。

二葉町と丸屋町の間のお堀に架かる橋を土橋というが、そのあたりを土地の者は総称して「土橋」と呼んでいた。現代なら新橋駅北側あたりである。

二葉町の河岸地前にある数軒の店をあたってゆくと、太吉のことはすぐにわかった。

「あんな男には関わらないほうが身のためですよ。旦那」

教えてくれたのは煎餅屋のおかみだった。

「そんなに悪い男か」

「性根の腐った男ってのは、あんなやつのことをいうのさ。ちょいと気に入らないことがあると、突っかかってくるし、何もしないのに難癖をつけてくる。土地のやくざだって手を焼いてるぐらいですから」

どうやら太吉は蛇蝎《だかつ》扱いされているようだ。

「住まいはわかるか？」

「行ったっていやしませんよ。いつも留守らしいですから。そのくせ家賃はちゃんと払っているというから驚きです。いったいどこで稼いでくるのか知らないけど……」

おかみはそういったあとで、太吉の長屋を教えてくれた。

太吉の住む長屋は八官町《はちかんちょう》にあった。裏店《うらだな》だがわりと小ぎれいな長屋だ。木戸番の番太郎に訊ねると、

「お仲間ですか……」

と、恐れるような好奇の目を向けてくる。そうではないと答えると、番太郎はほっと胸をなで下ろすような仕草をした。太吉は長屋でも嫌われ者のようだ。

「四、五日前にふらっと帰ってきて、またいなくなりました。いつもそうですが、

家にいるのは月に二、三日ぐらいですよ」

「あまりいい噂は聞かないが、そういう男なのか？」

「へえ、ご存じで……。そりゃまァ、太吉さんが帰ってくると、みんな触らぬ神に祟《たた》りなしって按配です。借りてきた猫のようにおとなしくしてなきゃ、どんな災難が降りかかってくるかわかりませんからね」

「それで行き先はわからないか？」

「さあ、それはわかりませんね。余計な口はきかないことにしていますから」

「見当ぐらいつくだろう」

「だったら二葉町の八百吉という青物屋に行って聞かれたらどうです？　あの店の倅とは仲がいいみたいですから。為作という男です」

十内は八百吉にまわってみたが、八百吉の倅・為作はいなかった。

「出かけているんだったらじきに戻るだろう。何刻ごろになりそうだ」

「日暮れ前には戻るはずです。今朝《けさ》出かけるときにそういいましたから……」

八百吉の亭主は、わからないと首を振るだけだった。

二

夏の光がちらちらと揺れながら、長い影を作っていた。十内の歩く河岸道を数匹のとんぼがふらふらっとよぎっていった。土橋の太吉に会うために、為吉の帰りを待っていたが、その必要はなかった。

再び太吉の長屋を訪ねると、最前会った木戸番の番太郎が、

「お侍の旦那……」

と、低声で目配せをして、さっき帰ってきたと教えた。

十内は太吉の家に足を向けたが、その途中で太吉の家の腰高障子ががらりと開き、一人の男がひょいと表に姿を見せた。

立ち止まった十内を、ものめずらしそうに見た。唐桟《とうざん》の着物を着流しているが、大きく胸許を広げ、片袖をまくっていた。十内がまっすぐな目を向けると、ふんと小鼻を鳴らして歩いてきた。

「太吉とはおまえのことか？」

声をかけると、太吉が立ち止まってあまり褒められない眼光を送ってきた。

「おれに何か用でも……」

「文兵衛という飾り職人を知っているな」

太吉は十内の頭のてっぺんから足許までを舐めるように眺めた。

「知ってたらどうする？」

「話を聞きたい。ここではなんだ、ちょいと付き合ってくれ。暇は取らせぬ」

太吉は首の骨をコキッと鳴らして、十内についてきた。

十内はそのままお堀沿いの山城河岸に行って、太吉と向かい合った。お堀の向こうには鍋島《なべしま》藩（佐賀）上屋敷がある。西日を受ける太吉はまぶしそうな目で十内を見る。いかにも性悪《しょうわる》そうな酷薄な唇を、舌先で舐めた。

「おれは早乙女十内という者だ。行方をくらましている文兵衛を探しているんだが、おぬしは文兵衛と仲がよかったそうだな」

「仲がよかった。けッ。そんなんじゃねえよ」

太吉は足許の小石を蹴った。小石はお堀のなかに落ちて、ちゃぽんと音を立てて波紋を広げた。

「だったらどういう仲だったんだ。いや、そんなことはどうでもよい。文兵衛の居所を知らないか」

「おいおい、いきなりなんだよ。なんでおれが文兵衛のことを知らなきゃならねえ。やつァ、いなくなったからいなくなったんだろう。おれの知ったこっちゃねえよ」

太吉はそのまま行こうとした。

「待て」

腕をつかむと、強く振り払われた。

「触んじゃねえよ！　この芋侍《いもざむらい》が。なんだその派手な帯は。伊達《だて》を気取るんだったらもっとましな恰好するもんだ」

「いってくれるな」

「人にものを訊ねるんだったら。礼儀ってもんがあるだろう礼儀ってもんがよ……」

太吉は肩をゆすって、顎を突きだしてくる。たしかにこの男はすね者だ。十内は内心でため息をつく。

「礼儀というのはなんだ？」

太吉はさっと掌を差しだした。

「世の中なんでもかんでもタダってわけにゃいかねえだろう」

十内は素直に、太吉の掌に小粒をのせてやった。その手がギュッとにぎられ、太吉の片頬に冷笑が浮かんだ。

「文兵衛について知っていることを教えてもらいたい」

「知ってることはねえさ。やつァ、頭のおかしい伊豆屋の娘を押しつけられ、その代わりに店を持たしてもらった。それがツキがまわってきたのか、諏訪のお殿様の屋敷に出入りを許された。それだけのことだ」

「知りたいのはなぜ文兵衛がいなくなったかだ」

「お春のことがいやになったんじゃねえか。他に適当な女を見つけて、駆け落ちでもしたんだろう。女は怖いからな」

「そんな女を知っているのか……」

太吉は柳の下まで歩き、幹に手をつくと、十内に背を向けた。西日を受けるお堀の水面《みなも》がてらてらと光っている。その照り返しが太吉の片頬にあたっていた。

「あいつァ、女房を抱いてもつまらねえといっていた。まるで冷たい人形を相手にしているみたいだってな。それなら死体と同じじゃねえかといってやると、まさにそんな按配だといってやがった。それでよく行ってる岡場所があった」

十内が黙って聞いていると、太吉が振り返った。

「赤坂の陸亭という店に小雪という女がいる。文兵衛の行方を知りてェんだったら会ったらどうだい」

陸亭の小雪——。

十内は頭に刻みつけた。

「するとおまえは、文兵衛のその後のことは知らないというわけだ」

「知ってりゃ話してるさ」

十内は一度あたりを見まわした。いつの間にか黄昏れている。畔《ほとり》にある柳が暗い影を落とし、長い枝葉が風にそよいでいた。

「文兵衛がいなくなる前のことだが、変わったことはなかったか？」

「変わったこと……。さあ、やつが所帯を持っていっぱしの職人になってからは、あまり付き合わなかったからな。そう聞かれても、よくはわからねえよ」

十内は太吉を見つめたが、嘘をいっている顔ではなかった。この男、噂ほど悪い人間ではないのかもしれないと思った。生まれ持った性分で、わざとへそ曲がりな顔をする人間は少なくない。また、噂というのはとかく大袈裟になるものだ。

「他に何かあるかい？　なけりゃおれは行くぜ」

「引き止めて悪かった」

そのまま太吉は立ち去ろうとしたが、ふと足を止めて、

「なんで、あの野郎のことを探してるんだい」

と、聞いてきた。

太吉は、文兵衛が伊豆屋の金を盗んだことを知らないのだ。

「伊豆屋の旦那に頼まれているだけだ」

「……そうかい」

太吉は興味なさそうな顔をした。

「もし、文兵衛のことでわかることがあったら教えてくれ。また、おまえを訪ねてくるかもしれない」

「好きにすりゃいいさ。だが、あてにしねえほうがいいぜ」

三

太吉と別れた十内はそのまま赤坂まで足をのばそうと思ったが、伊豆屋にまわることにした。源兵衛にはまだ聞きたいことがあった。

そのまま河岸道を歩きながら、これまで聞いたことを頭のなかで整理した。わかったことは少ない。文兵衛は娶《めと》ったお春をあまり好んでいなかった。妻帯したのは、店を持てるという計算があったからかもしれない。しかし、世話になっている女房の実家に盗みに入るというのが解せない。

一時は道を踏み外しそうになったらしいが、更生して一人前の職人になり、大名家へ出入りを許されるようにもなっている。甚五郎から聞くかぎり、文兵衛は質《たち》の悪い人間には思えない。もっとも、太吉から聞いたばかりの女郎のことは気になる。

男が女に弱いは世の常だ。惚《ほ》れたばかりに自分を見失うことだってある。果たして文兵衛がそうであったかどうかわからないが、明日にでも小雪という女郎には会わなければならない。

数寄屋橋御門《すきやばしごもん》を左に見て、河岸道を歩きつづける。さっきまで落日を受けていたお堀は油を浮かべたように暗くなっている。町屋のところどころに招き行灯や提灯のあかりが、ぽっと浮かんでいた。

西紺屋町から町屋を縫って近道をしようとしたとき、お堀の畔に佇《たたず》む女の姿が目を惹いた。近くの居酒屋の提灯のあかりが、女の後ろ姿を染めていたからだった。

普段ならそのまま行きすぎるところだったが、十内は「あれ？」と思って立ち止まった。

お春だった。

佇んだまま暗いお堀を眺めている。傍目《はため》にはいまにも飛び込みそうに見えるかもしれない。十内は近づいて声をかけた。

「何をしている？」

十内は振り返ったお春を見て微笑んだ。お春は感情を押し殺した顔だ。

「いまそなたの店に行こうとしていたところだ」

「甚五郎さんにはお会いになりましたか？」

お春は唐突なことを口にした。

「会って話を聞いた」

お春はそのまま暗いお堀に顔を戻した。

「甚五郎さんのことは、おとっつぁんも知らないんです。だから、早乙女様に話したのです」

十内が小首をかしげると、お春は夜空を見あげて、

「大嫌い。おとっつぁんもおっかさんも……」

と、つぶやきを漏らした。その顔は限りなく悲しそうだった。いまにも泣きそうな表情だ。甚五郎も、お春は二親を嫌っているようだといったが、ほんとうのようだ。

「なぜ、嫌いなのだ。そなたを大事に育ててくれた人ではないか」

「上辺《うわべ》ではそうでしょうけど、そうじゃないんです」

「よくわからぬ」

お春は視線を下ろして十内に顔を向けた。

「おっかさんはまだ許せるけれど、おとっつぁんは許せない。自分のことしか考え

ていないのです。儲《もう》けることしか考えていないのです。損することが嫌いで……儲けにならなさそうな人にはつらくあたり、そうでない人には手をすり合わせるいやな人……」

　相変わらず舌足らずなものいいだが、お春の目は真剣そのものだった。正直なところ、十内は、この女は気鬱《きうつ》の気《け》があるのではないかと思っていた。しかし、そうではなくしっかりしている。そんな目なのだ。

「何かいやなことがあったのか？」

「早乙女様は信じられる人かしら……」

「人の道から外れるような曲がったことは嫌いだ。誰にもいわぬから、話せることがあったら遠慮なく申せ」

　お春は逡巡《しゅんじゅん》して、唇を噛んだ。

「早乙女様はおとっつぁんから仕事を受けておられるのですね。おとっつぁんのことなら何でも聞くのですね」

「それは時と場合によりけりだ。意に沿わぬことがあれば、したがわない」

「ほんとうですか」

お春の目は近くの行灯のあかりを受けて、きらきら輝いている。

「嘘はいわぬ」

「信じてよいですか?」

「人を信じることは大事なことだ」

「だったらおとっつぁんには気をつけてください」

「…………」

「早乙女様は都合よく使われているだけかもしれません。昨日お話をしたことは、こう聞かれたら、こういえと、おとっつぁんにいい含められていたのです」

(やはりそうだったか……)

「でも、甚五郎さんのことはおとっつぁんは知りませんでした。だから早乙女様にこっそり教えたのです。でも、おとっつぁんは盗み聞きをしていて、早乙女様が帰られたあとで、しつこく甚五郎さんのことをわたしに聞きました。わたしはただ文兵衛さんの面倒を見た職人だといっただけです。それも二、三回うちに遊びに来ただけだと……。おとっつぁんはそれで納得したようですけど、甚五郎さんのことを調べるかもしれません」

「なぜ、そんなことをする？」

「気になるからでしょう。早乙女様がお調べになることはすべて知りたいのです。おとっつぁんは、きっと早乙女様のこともしんから信用していないと思います」

「信用できないが、おれを雇った。そういうことか……」

「役に立てばいいだけなのでしょう」

十内はじっとお春を見つめた。この女はなにか秘密を知っているのかもしれない。それに、文兵衛探しは、単に金を取り戻すためだけのことではないのかもしれない。

「そなたの父御が文兵衛を探すのには、なにか別の思惑があると、そういうことだろうか……」

十内は薄々感じていたことを口にした。

「ほんとうの狙いはわかりません。でも、おとっつぁんはただ単に文兵衛さんを探すだけではないと思います。もちろん、盗まれたお金のこともあるのでしょうが……」

十内はしばし視線を彷徨わせた。夜空に星たちが散らばっている。

「お春、なぜわたしに甚五郎のことを話した？」

「文兵衛さんのことをよく知っている人だからです。文兵衛さんがどんな人柄で、どんな生い立ちだったか、どんな人間と交わっていたか、そんなことを……」

「なるほど。……それで、そなたは文兵衛とはどうだったのだ。夫婦だったのだから、よく知っていたのではないか」

いいえと、いってお春は視線を外した。

「わたしは親に体《てい》よく文兵衛さんに押しつけられたのです。そのことを文兵衛さんはわかっていました。わたしは厄介者ですから、親は早くよそに行ってほしかったのです。でも、世間体がありますから、おとっつぁんは真面目《まじめ》な職人に嫁がせることにしたのです。それも、文兵衛さんに店を持たせるという餌《えさ》をつけて……」

「………」

「わたしは親に逆らえませんから嫁ぎました。文兵衛さんがどんな人かも知りませんでしたが、ひとつ屋根の下で暮らしていれば、いずれお互いにわかりあえるだろうし、情もわいてくると思っていました」

話しているうちにお春は目の縁に涙を盛りあげた。十内は思わず、やさしく抱きよせてやりたい衝動に駆られた。

「でも……文兵衛さんはわたしに情を移そうとはしませんでした。それはわたしに非があったからかもしれません」

「どんな非があったと申す」

「わたしが心を開くことができなかったからです。それに、わたしは……いつも暗い落ち込んでいる顔をしているし……そんな自分が嫌いなのですけれど……」

十内は近づくなり、お春の頬をつたう涙を、そっと指先でぬぐってやった。とたん、お春の目がびっくりしたように見開かれた。

「そなたはずいぶんつらい思いをしてきたようだな」

「………」

お春は潤んだ瞳を十内に向けた。その顔は夜目にも美しかった。穢《けが》れを知らない女だというのもわかった。

「お春、そなたの父御の相談を受けた以上、途中で放り投げるわけにはいかぬ。それに文兵衛は何としてでも捕まえたいと思っている。だが、そなたのことを守ってやりたい。なんでもいい。苦しいことがあったら、遠慮なくおれに話してくれ。それで少しでも気が楽になるならさいわいだ」

「ありが、とうございます」

区切っていったお春の目からまた涙があふれた。

「送ってまいろう」

十内はそっとお春の背を押して歩きはじめた。

「お春、父御がなにを考えているか、もし、そのことがわかったら教えてくれるか」

十内は源兵衛の真の狙いを知りたいと思うようになっていた。

「だからといって源兵衛をどうこうしようというのではない。そなたの親なのだからな」

「わたし、なんでもお伝えします」

お春ははっきりといった。

伊豆屋の近くまで行って十内は立ち止まった。気をつけて帰れといってやると、

「早乙女様にお会いできてよかったです」

と、お春はいったが、そのときそれまで見せたことのない笑みを口許に浮かべた。しかし、背を向けて自分の家に向かう、その後ろ姿は闇ににじむように暗か

った。

四

「調べが入ったかどうかわからねえな」

与三郎は文兵衛が借りていた店の前を流し歩いてから、長次を振り返った。

「調べはとうにすんでいるに決まってる。番屋に行きゃわかるだろうが、そんなことしちゃおれたちがあやしまれるからな」

「しかし、さっき番屋を見たがとくに変わった動きはなかった」

「与三郎よ。こんな暗い夜道で立ち話もなんだ。その先に店がある。ちょいと引っかけながらどうするか知恵を出しあおうじゃねえか。なにも今夜あの浪人を探すこたァねえんだ。こういうことは腰を据えてやらねえと……」

長次はそういいながらさっさと歩いてゆく。与三郎もしかたないとあきらめ、長次にしたがった。

入ったのは小さな縄暖簾で、土間に飯台が置かれた店だった。客は五分の入りで、あかりは行灯だけであるからずいぶん暗い。蠟燭をけちっているのかと、与三郎は床几《しょうぎ》代わりの空き樽に腰をおろした。

格子窓から入り込んでくる夜風が心地よかった。店の奥で飲んでいた男たちが、どっと笑い声をあげたとき、小太りの女中が注文を取りに来た。

「銚子《ちょうし》を二本くれ。冷やでいい。それからなにかうまいもんを三つばかり見繕ってくれりゃいい」

長次が勝手に注文をして、煙草入れを出した。与三郎は煙草盆を引きよせてやる。

「浪人を見つけたときのことだが、おまえの腕で倒せそうな男か?」

与三郎はずっと気になっていたことを聞いた。

「ああいう手合いは、大方見かけ倒しだ。派手な帯を締めて伊達を気取っているだけにすぎねえさ。それに、こっちは二人だ。不意打ちをかけりゃすむことだ」

「おまえは無外流《むがいりゅう》の道場に通っていたといったが、それはまことのことか」

「与三郎、おれを疑ってるのか。この刀をなんと思う」

長次は脇に置いた刀をつかんで見せる。

「銘刀村正《むらまさ》だ。もっとも贋作《がんさく》だが、切れ味はなかなかのもんだ。それより、おまえのほうはどうなんだ」

「おれはまあどうなんだろう……」

酒が届けられたので、二人は手酌で猪口《ちょこ》に酒をついだ。

「田舎の道場ではあったが、師範代からは筋がいいと褒められた」

「強かったのかい？」

「道場には十人ばかり門弟がいたが、おれはまあ下でもなく上でもなかった」

与三郎は正直なことをいった。実際、剣の腕に自信はなかった。だが、度胸は人一倍あると思っている。実際、竹刀ではなく抜き身の刀を使うと、道場では自分より強いものが尻込みをしたものだ。

「おまえさんも元は貧乏足軽《あしがる》の倅だ。それがせいぜいだろうよ。だがよ、もう斬った張ったの時代じゃねえんだ。要は頭を使って銭儲けをして、おもしろく楽しくやれりゃいいんじゃねえか。おれたちゃ所詮《しょせん》出世など望めねえ生まれだからな」

「まあ、そうだろうが……」

「左右衛門さんも役目を下りて国許を離れたのは、そんなことがあったからじゃねえのか。しみったれた役料もらったって、暮らし向きがよくなるわけじゃねえからな」

長次は仲間の前では、ぺらぺらしゃべるお調子者である。それが左右衛門の前になると、借りてきた猫のようにおとなしくなる。上には媚びへつらい、陰では愚痴や悪口をいう男だ。与三郎は左右衛門にいわれたことがある。

――長次は使いやすい男だが、気をつけなければならぬ。

たしかに、長次とはそんな男だった。分が悪くなると、すぐ有利なほうに寝返るような尻軽さがある。

長次は他愛《たわい》もないことを勝手にしゃべった。分け前をもらったら商売をはじめる。稼いだ金で店を大きくする。江戸もいいが、この際だから上方《かみがた》へ行って暮らすのも悪くないなどなどと、とりとめがない。

その間に女中が、土筆《つくし》と筍《たけのこ》の佃煮《つくだに》、鯖《さば》のみそ煮、炒《い》り豆腐を運んできたが、どれもいただけるような味ではなかった。

「今夜は……」

与三郎はどうするという、あとにつづく言葉を呑み込んだ。格子窓の向こうに深編笠を被った浪人が見えたからだ。腰を浮かして見ると、歩いてくる浪人の帯が店の提灯のあかりで、赤く見えた。

「おい、長次」

与三郎は長次の肩をつついて、顎をしゃくった。


木挽町の自身番の様子を見た十内は、赤坂の岡場所に行くのを明日にすることにして、今夜は帰ることにした。文兵衛探しはなかなか進捗《しんちょく》していないが、それでも見えない影に少しずつ近づいているという感触はあった。

腹が減っていた。十内はどこかで軽く引っかけていこうかと思いつつ足を進める。

(あと、八日か……)

町屋のところどころに見える提灯や軒行灯のあかりを見ながら、明日のことを考えた。

それからさっき別れたばかりのお春のことが心に引っかかっていた。

なぜ、父親を嫌うのか、そのことはわずかばかり理解できた。お春にもっと話を聞きたいと思う。子供というのは親には打ち明けられない、あるいは打ち明けづらいことがある。十内も同じだった。人は成長するにつれ、抱える悩みも多くなる。

そして、悩みを一人で抱え込んでしまうことがある。いまのお春がまさにそうなのかもしれない。

（お春は無垢《むく》な女だ。救ってやれるものなら救ってやりたい）

そう思う矢先に、別れ際に見せたお春の笑みが瞼の裏に浮かんだ。

十内は楓川沿いの道を歩き、江戸橋をわたった。提灯は持っていないが、星月夜であるから夜目は利いた。居酒屋や小料理屋のある通りは、店のあかりに染められてもいる。

背後に人の気配を感じたのは、大横丁の通りに入ってからだった。立ち止まって振り返ってみたが、その気配はない。気のせいかもしれないと思い再び歩きだした。

大横丁の通りは、江戸橋から伊勢町、大伝馬町一丁目の西端を抜けて、神田堀の先までのびる俗称である。道幅六間ある広い通りだ。

米・綿・紙問屋・茶臼《ちゃうす》屋・塩・醬油《しょうゆ》屋などが軒をつらねているが、どこの店も戸を閉めている。あかりがあるのはその通りから脇にそれた小路である。

また背中に視線を感じた。今度はさっきより強い勘がはたらき、気のせいではないと確信した。十内は四つ辻《つじ》に出ると、右に折れて鉄炮町に入った。少し先に牢屋敷がある。通りの両側に飲み屋のあかりと、猥雑《わいざつ》な人の声が聞かれた。

しかし、声は小さい。十内は背中に神経を集中した。

（何者だ……）

振り返りたい衝動を抑える。やはり尾行する者がいる。

牢屋敷を過ぎると、すぐ左に曲がった。ここは暗い通りである。ちょうど牢屋敷の裏側にあたる。尾行者は距離を取ったらしく、気配が薄れた。何気なさをよそおって、一度背後を振り返った。不審な影はなかった。

（やはり気のせいだったのか……）

十内は小さな吐息を夜気に流した。風は生ぬるいし、空気に湿り気があった。十内もかすかに汗ばんでいた。額の汗を手の甲でぬぐい足を急がせた。家の近所で夕餉をすまそうと考える。

まっすぐ行けば、神田堀に架かる九道橋《くどうばし》だ。十内はその橋の手前を右に折れる。

そのときだった。背後から襲いかかってくる人の気配を感じた。

さっと、右に跳んで振り返った。同時に闇のなかに光る白刃《はくじん》が見えた。刀の柄《つか》に手をやったとき、曲者《くせもの》は正面から撃ち込んできた。十内は鞘走《さやばし》らせた刀で、相手の太刀《たち》を撥ねあげざまに逆袈裟に振り切った。間合いが足りずに空《くう》を切った。と、今度は横合いから胴を抜きに来る刃《やいば》が風をうならせた。

敵は二人である。

後ろに半間跳んで刃圏《やいばけん》から逃れた十内は、青眼《せいがん》の構えを取って二人の敵と対峙《たいじ》した。闇のなかなので、相手の顔はよく見えないが、殺気をみなぎらせている。

相手は摺《す》り足を使って、じりじりと間合いを詰めてくる。

「何やつ？」

声を発したが、曲者は無言のままだ。一人が右にまわりこみ、もう一人が左に動いた。挟み打ちにする気だ。

十内は八相に構えなおし、敵の出方を見た。

(おれの相手ではない)

そう思うのは、相手が自分を侮《あなど》っている気を感じたからであるし、二人とも隙が見えすぎているからだ。しかし、恐れを知らぬ気迫は油断がならない。上級者でも下級の者に負けることがある。勝負は時の運であるし、真剣ならなおさらのことである。かすり傷を負っただけで、たちまち不利になるのだ。

十内は脇に構えた八相から、ゆっくり右足を引き中段に刀をおろした。刹那、右の男が動いた。十内は俊敏に相手の刀をすりあげて、大上段に移した刀を勢いよく振り下ろした。神道無念流は軽く撃つ「略打」というのをよしとせず、渾身《こんしん》の一撃で真を撃つことを奨励している。そのために普通より重い竹刀を使っての荒稽古《げいこ》に励む。

相手はその剛剣に恐れをなして、思わず跳びすさった。一瞬、十内の剣は空を切ったかに思えたが、即座に左足を送り込んで、相手の刀を押さえ返すなり剣尖で相手の水月《みぞおち》を突いていた。ただ、相手が身をひねったので、脇腹を刺すに留《とど》まった。

「うぐっ……」

男はすぐにひざまずき、刀を取りこぼして、うずくまった。

「与三郎……」

刺された男は仲間に呼びかけたが、十内はすでにその仲間に肉薄していた。相手はかなわないと思ったのか、青眼に構えたまま大きく後退する。

「よ、与三郎。た、助けてくれ……ううっ……」

うずくまっている男が重苦しい声を漏らす。しかし、与三郎と呼ばれた男は、十内の刃圏から大きく遠ざかると、そのままくるっと背中を見せて走り去った。

十内は与三郎の姿が闇に溶け込んで見えなくなると、刀を鞘に納めてうずくまっている男を振り返った。

五

十内が倒した男の名は、山根長次といった。

「何故《なにゆえ》、おれを斬ろうとした?」

十内は長次を家に連れ帰り、簡単な手当てをしてやった。出血がひどいので長くもたないのはわかっていた。長次は額が狭く、顎の尖った貧相な顔つきだ。その顔から血の気が失《う》せ、紙のように白くなっている。唇にも血の色がなかった。

「いえ。いえば医者を呼んでやる。さもないと、おまえの命は明日の朝までもたない」

長次は口を固く閉ざしていたが、

「死ぬというのか？」

と、唇をふるわせた。

「おそらくな。生きたければ正直に話すことだ」

「だ、だったら先に医者を、呼んでくれ。てめえのことは、信用ならねえ」

十内は眉宇をひそめた。

「何故信用ならぬとぬかす」

「し、知るか。い、医者を、医者を呼んでくれ」

「呼んだら話すか？」

十内は長次をにらむように見つめる。

「……話す」

長次はゴクッとつばを呑み込んでふるえ声を漏らした。十内はため息をついた。

医者を呼んでも助かりはしない。しかし、この家で死なれたら、あとが面倒である。

それに、自分の無実を晴らすには、第三者の証言が必要になる。

「よし、待ってろ」

十内は立ちあがると、表に飛びだし、隣の家に行った。由梨とお夕の家だ。お夕が嬉しそうな顔で出てきたので、

「おれの家に死にそうな怪我人《けがにん》がいる。緑堂《りよくどう》先生を呼んできてくれ」

と指図した。

「え、死にそうな怪我をしているの？」

「そうだ、早く行ってこい」

「それは大変。大急ぎで行ってくるわ」

お夕は草履《ぞうり》の音をパタパタさせて駆けていった。奥の間から由梨が出てきて、何事かと聞いた。

「怪我人がいるので医者を呼びにやらせただけだ」

十内はそのまま自宅に引き返した。

お夕が呼びに行った医者は、生駒《いこま》緑堂という町医だった。隣の亀井町《かめいちよう》に住んでいるので、すぐにやってくるはずだ。

家に戻ると、長次は目をつむって、荒い息をしていた。十内は手拭いに湿らせた水を、飲ませてやった。由梨が恐る恐るやってきて、

「どうしてこうなったの？」

と、長次と十内を交互に見た。

「おれが斬ったのだ」

「え、どうしてそんなことに……」

「水を汲《く》んできてくれ」

十内は問いかけには答えずに、手水盥《ちょうずだらい》を由梨に差しだした。

緑堂がやってきたのはそれからすぐだった。瘦せてひょろっと背の高い医者で、いつも飄々《ひょうひょう》としている。齢五十だが、五歳は老けて見えた。

緑堂はおざなりに長次の傷の具合を見て、

「よい手当てをしたな。わしの出る幕はない」

と、首をすくめる。

「それで、どういうわけでこうなったのだ？」

十内は緑堂の質問に、ざっと答えた。

「それじゃ闇討ちをかけられたのね。するとこの人は悪者じゃない」

お夕が口を尖らせていう。浴衣姿で駆けてきたせいで、襟元が乱れ、形のよい白い乳房が見え隠れする。

「おい、長次。明日の朝になれば、もっと楽になるらしい。安堵しろ」

意識が薄れているらしい長次の頬を十内が小さくたたくと、うっすらと目が開いた。そのままぼんやりした目で、緑堂と二人のおきゃんを眺めた。

「助かるのか？」

「ああ、大丈夫だ」

十内はそういって、意味深な目を緑堂に向けた。緑堂が得心顔で、安心しろと、気休めをいってくれる。

「おれを襲ったわけはなんだ？」

「……あんたが、文兵衛の店に来た……からだ」

「なに、すると、おれを殴ったのはおまえだったのか？　なぜ、おまえは文兵衛のことを知っている」

長次はハアハアと、息を喘《あえ》がせた。喉仏を動かして生唾《なまつば》を飲む。水をくれというので、由梨が手拭いに水を含ませて飲ませる。長次は舐めるように水を飲んだ。

「やつを、探さなきゃならねえから……」

「もしや、きさまは伊豆屋に雇われたというのではないだろうな」

十内の頭に真っ先に浮かんだことだった。だが、長次は胡乱《うろん》な目で、

「そりゃ、誰だ？」

と、蚊の鳴くような声を漏らした。

（ちがうのか……）

「だったら、なんのために文兵衛を探すんだ。おい、しっかりしろ」

十内は長次の肩をゆすった。長次の目がうっすらと開く。もう息がか細くなっていた。

「あいつは、か、金を持っている。それを……」

「それを何だ？」

「取り返さなきゃ……千八百両だ。だ、だか……」

「千八百両だと」

十内は驚いたが、由梨もお夕もその金高を聞いて、目をしばしばさせていた。

「文兵衛はなぜそんな金を持っている。あいつは……」

十内は言葉を切った。長次が息をしていないのがわかったからだ。緑堂を見ると、

「事切れた」

と、短くいって手を合わせた。

六

左右衛門は夜中に帰ってきたという与三郎をそばに呼んだ。

千住宿・橋戸町にある「内田屋」という旅籠《はたご》だった。昨日、与三郎と長次が出かけたあとで残りの仲間たちと移っていたのだ。

朝餉の席には他の泊まり客もいるので、声をひそめての話となった。

「長次の野郎が斬られたと……」

左右衛門はみそ汁をすすり終えて、箸《はし》を猫足膳に置いた。

「闇討ちはうまくいくと思ったんですが、その男思いの外腕が立つんです。まともに斬り合ったら、あっしまで斬られると思いましたんで……」

与三郎はビクビクしながら、左右衛門の顔色を窺うように見る。

「その男がどこに住んで何をやっているのか、それもわからないというわけだな」

「申しわけもありません」

与三郎は小さくなって頭をさげる。

「それで長次はどうなった。そのまま事切れたのか？」

左右衛門は冷たく醒めた目で与三郎を見据えた。

「……おそらく死んだと思います。やつの突きを避《よ》けきれず、まともに腹を刺されましたから」

「だが、死んでいるかどうかはたしかめてはいない。そういうことだな」

「へえ」

左右衛門は小皿に残っていた沢庵《たくあん》を指でつまみ、ポリポリ音をさせて噛んだ。宙の一点に焦点を合わせ考えをめぐらせる。

与三郎のいう浪人は、ひょっとすると文兵衛が雇った用心棒かもしれない。おおいに考えられることだ。それに、文兵衛は仲間だった升蔵が追われたのも知っている。追ったのは長次であるが、もしその浪人が升蔵を助けるために動いていたとしたら、文兵衛の元の店に行ったとしてもおかしくはない。

「長次がどうなったか気になるんでしたら、調べてきましょうか。やつが死んでいるなら、あの近所の番屋で何か動きがあるはずです」

左右衛門は与三郎に顔を向けた。

「やくたいもないことだ。長次が生きていたら、その浪人はどこかへ連れて行っているはずだ。刺されて死んだとすれば、そのまま放っておくだろうが、それを調べるとなると、とんだ藪蛇《やぶへび》になるかもしれぬ」

「それじゃあの浪人のことは放っておくんで……」

左右衛門は朝餉の膳を忙しく運んできたり、下げたりする女中を眺めた。客は忙しく飯をかき込むと、さっさと引きあげてゆく。旅の行商人が多い。

「おまえはその浪人の顔を見ているんだな」

「へえ、しっかりとここに刻みつけております」

与三郎は自分の頭を指でつついた。

「だったら、もう一度昨夜斬り合った近くへ行って男を探して素性を調べろ。手出しは無用だ。どんな野郎か、気になる」

「あっし一人で……」

「一人じゃ心許なかろう。千太郎を連れてゆけ。あいつはからきし腕はないが、目端が利く。おれたちは大根畑の例の家に移っている。今日明日と暇をやるから、きっちり調べてくるんだ」

大根畑というのは土地の者が呼ぶ俗称で、本郷新町屋の一画をいう。かつて花街があったが、寛政のころ取締りが行われ払われた場所である。だが、いまも隠れ岡場所になっていた。

与三郎が座敷を出てゆくと、左右衛門は喜市をそばに呼んで耳打ちするようにいった。

「この宿を払ったら大根畑に移るが、文兵衛と組んでいる荒井清次郎を草の根わけてでも探すんだ。文兵衛が江戸に戻っているのはわかっている。十日前に浅草奥山で姿を見たやつがいるんだ。だが、文兵衛の居所がわからなきゃ、荒井を探すしかない」

「見当はついているんですか？」

「やつの行きそうなところに目星はつけている」

荒井清次郎というのは、信濃高島藩の元馬方である。文兵衛を唆したのが、その荒井だということはとうにわかっていることだった。

「それじゃ支度しますか」

「うむ」

喜市に応じた左右衛門は、鷲鼻をこすってゆっくり腰をあげた。

縁側の先に小さな庭があり、青くて大きな萼《がく》をつけた紫陽花《あじさい》が、まぶしい日の光を浴びていた。紫陽花のまわりを楽しそうに二匹の蝶がひらひらと舞っている。

お春は文机《ふづくえ》の前に座って、紫陽花と蝶をぼんやり眺めていた。店の表で奉公人たちの声がしている。

「早乙女様……」

ふいに口から声が漏れた。お春は昨夜、十内からいわれた言葉を反芻《はんすう》していた。

――そなたはずいぶんつらい思いをしてきたようだな。

十内はそういって痛みをこらえるような顔をした。なんと心根のやさしい人だろうかと思った。さらに、十内はつづけた。

――そなたのことを守ってやりたい。なんでもいい。苦しいことがあったら、遠慮なくおれに話してくれ。それで少しでも気が楽になるならさいわいだ。

思い返すと、また涙が出そうになった。あんなにやさしいいたわりのある言葉をかけられたことは、これまでなかった。

あの人は人の心がわかるのだとつくづくと思う。本来人とはそうあるべきではないかと強く思う。

（それなのに……）

心中でつぶやいたお春は、深いため息をついた。

そのとき、縁側に足音があり、近づいてきた。息を詰めた顔で耳をすましていると、父・源兵衛が姿を見せた。ちらりとお春を見た。冷たい視線だった。

「こんなところでぼんやりして何をしている。まったく気の利かぬ女だ」

お春は身をすくめて目を伏せた。

「荷が届いたのだ。店の者が汗を流してはたらいているんだ。少しはその身になって考えたらどうだい」

「それじゃお手伝いを……」

お春が腰をあげかけると「待て待て」と、源兵衛が手を振って制した。立ったままあきれたような顔で見下ろしてくる。

「お春、おまえはいつまでただ飯食らいをするつもりだ。せっかくの縁談話があっても、その気がないからと断りやがって。何度断れば気がすむんだ。もっとも、断られたこともあるが、親の苦労を少しはわかってもよさそうなものじゃないか」

いつものお小言がはじまったと、お春は黙り込む。膝に置いた手をゆっくりにぎりしめて、早くどこかに行ってくださいと、胸の内で叫ぶ。

「いつまでも生娘《きむすめ》のつもりでいるんじゃないよ。おまえは出戻りなんだからな」

声は抑えられているが、お春は胸を錐《きり》で抉《えぐ》られたような痛みを感じる。

「後添いにほしいという話があるだけでもありがたいことなんだ。それを毎日のらりくらりと暮らして、いつまでも親に面倒を見てもらおうと思っていたら大まちがいだ」

「わたしは……」

そんなことは思っていませんとつづけようとしたが、すぐに遮られた。

「まったく気の抜けたような腑《ふ》抜《ぬ》け面《づら》をして何が楽しいのだ。おまえがいつも鬱々《うつうつ》としているから、奉公人たちも気を遣うんだ。ハキハキとものをいって、てきぱきと仕事の手伝いでもしてくれりゃ世話ないが、気がつきゃその辺に幽霊のように立ってやがる。まったくおまえってやつは、しようがない」

はあァ、あたしゃおまえのせいで気苦労が絶えないよと、源兵衛は背を見せながら去っていった。

お春は大きくを息を吐きだした。にぎっていた手に汗をかいていた。

たしかに親のいうとおりかもしれないが、ものにはいいようがあるのではないかと思う。顔を見れば厄介者扱いの嫌みをいうばかり。あれが自分の親かと、悲しくなる。いや、悲しみを通り越して、ときに憎しみを感じることさえある。

「おや、ここにいたのかい」

今度は別の声がして、畳をすって近づく足音があった。すぐに母親だとわかる。

「体を持てあましているんだったら、表に行って手伝ってくれないか。そんなことだから、おとっつぁんにガミガミいわれるんだよ」

「いま行こうと思っていたんです」

「だったら早く行っておやり」

母のお栄はそういいながらそばに座った。庭にいた蝶が迷い込んで、部屋のなかを彷徨っていた。お栄はこめかみのあたりに頭痛膏を貼りつけていた。昨夜から頭が痛いといっていたからそうしたのだろうが、そのせいで神経質に見える。

「手伝いが終わったら台所で飯を炊いてくれないか。あたしゃ頭痛が取れなくてね。そうしてくれるかい」

「はい、やります。おっかさん、少し休んだらどうです。はたらきすぎで、きっと体が疲れているんですよ」

「おやおや、おまえはいつもやさしいことをいってくれるけど、そうはしていられないだろう。じっとしていても、あれをやらなきゃ、これをやらなきゃとすぐに思っちまうんだよ。あんたのようにのんびりしていたいんだけどね。さあ、いつまでも座ってないで行っておくれよ」

お春は小さくうなずいて立ちあがった。座敷を出るとき、お栄の小さなつぶやきが耳に届いた。

「まったく役立たずの娘になっちまったもんだ」

お春は立ち止まって、そうしたのは誰のせいですかと、思い切り叫びたかった。しかし、その感情を一心に抑えて土間に下りた。

母はなんでもできる女だった。だから、他の人間も同じようにできると思い込んでいる。まして、自分の娘はなおできると信じている。ところがお春はお栄の求めに応じることができない。だから厳しくいわれるのだ。お春はそのことをよくわかっていたが、やはり母の言葉にはきつい響きがあり、ときに刺々《とげとげ》しくもあった。

お春はどうしてそんな親の子に生まれたのだろうかと、思いつづけていた。

表に出ると二台の大八車があり、積荷がすっかりおろされていた。手代の新太郎がお春に気づき、

「こっちはすみましたから、手伝いはいいですよ。お春さんに力仕事は無理だ。気なんか遣わなくっていいですよ」

といってくれた。

「それじゃ台所のお手伝いをします」

今度は女中のおふくにいった。

「台所はまかせてください。お嬢さんに手伝ってもらったら罰《ばち》があたりますよ」

おふくは朗《ほが》らかにいって、さっさと台所に戻っていった。いつもこうなのだ。自ら進んで何かをやろうとすると、奉公人たちは逆に気を遣ってくれる。

お春は取り残された恰好で、自分の居場所を失っているしかなかった。

七

闇討ちをかけられたおかげで、十内は半日を町奉行所同心の調べに付き合わなければならなかった。自身番で口書きを取られ、山根長次の死体をどうするかと、名主と町方と相談したが、斬ったのは十内なので、何とかしてくれといわれた。

「冗談じゃない。わたしは意味もわからず襲われたから斬ったのだ」

十内はそれはお門違《かどちが》いだと、憤慨を露《あら》わにした。

「しかしな、身許がわからぬのだ」

事情を聞いた町方も弱り切った顔をする。これが質の悪い服部洋之助でなかったのが救いだが、あくまでも十内は襲われた被害者なのだ、非は斬りつけてきた長次にあると頑として折れなかった。

「しかたありませんな。こうなったら無縁仏として葬るしかないでしょう。町費でなんとかいたしましょう」

名主がそういってくれたから、十内はホッと安堵したが、

「早乙女様、ついては少しばかり埋葬の費用をもっていただけませんか」

と、名主は無心をしてきた。

「いえ、お気持ちはわかりますが、相手がどんな悪人でも仏となっているのですから少しぐらい慈悲をかけてもいいと思うのですよ」

そういわれては十内も断りづらいので、しぶしぶと金一分を渡した。

伊豆屋源兵衛に探りを入れていた孫助に会ったのは、その日の昼下がりだった。会ったのは、例によって孫助が居座っている「栄」という飯屋だった。

「役に立てるかわかりませんが、おおよそのことはわかりましたよ」

孫助は酒焼けした馬面を向けて、調べたことをかいつまんで話していった。

茶を飲みながら孫助の報告を受ける十内は、伊豆屋源兵衛の生い立ちやどうやって店を立ち上げたかということは聞き流し、関わりのある男たちのことに耳をそばだてた。そのなかで気になるのが、北条時右衛門という諏訪伊勢守家来の納戸役人《なんど》だった。

「諏訪伊勢守というのは、信濃のお殿様のことだな」

「へえへえ、さようで。伊豆屋は諏訪家に蠟燭を納めておりやす。結構いい商売になってるそうで……」

孫助はそういって猪口を口に運ぶ。

十内は飯台に張りついている小蠅を眺めた。文兵衛も諏訪家の出入り御用の職人だった。

「源兵衛にはお春という娘がいる」

「出戻り娘でしょう。ちょいと見ましたが、なかなか器量のいい女じゃありませんか。おもしろくないことでもあったのか、つまらなそうな顔をしておりましたが。

……そうそう別れた亭主も諏訪家に重宝されていたと聞きましたねえ」

「ひょっとすると、源兵衛が文兵衛を諏訪家に紹介したのだろうか」

「さあ、それはどうでしょう。伊豆屋源兵衛はケチな男ですよ。娘を文兵衛という男に嫁にやり、店を持たせたことになってるようですが、じつのところ伊豆屋が文兵衛に渡したのは二十両です。それもお春の嫁入り道具代わりだといいやす」

「二十両……」

つぶやく十内は、果たして二十両で店が持てるだろうかと思った。おそらく無理だ。また、二十両が嫁入り道具代わりというのも破格である。

その後、孫助は伊豆屋に出入りしている顧客や問屋仲間、蠟燭を納入する業者の名を口にしたが、とくに引っかかりを覚える者はいなかった。

「番頭の勝八のほうはどうだ？」

「あの番頭は雇われて一年ほどです。どこぞの商家で手代をしていたようですが、その辺のことはよくわかりませんで……」

「一年前……」

店の金を文兵衛に盗まれたあとということだろう。

「先生、あっしはちょいとあの番頭は気になりますね。胡散臭い面構えも気にいらねえが、ときどき妙な男と会ったりしてたんです」

「妙な男とは……」

「それがよくわかりませんが、浪人のようです」

「そいつのことは？」

十内は酒を舐める孫助を見たが、首をかしげるだけだった。

「孫助、手を焼かせるが、ついでにその浪人のことも探ってくれないか。住まいと、どこで何をしているかがわかればそれでいい」

「先生に頼まれちゃいやとはいえませんからね」

酒で赤くなった鼻を手の甲でこする孫助に、十内は心付けを渡して飯屋を出た。

その後お春に会おうと思った十内だったが、いつの間にか夜の闇が忍びよっていた。先に赤坂の岡場所に行くことにした。

文兵衛が通っていた「陸亭」という女郎屋は、土地の者が〝風呂屋町〟と呼んでいる赤坂裏伝馬町三丁目にあった。昔、湯女《ゆな》がいたからそういうらしいが、いまは夜《よ》鷹《たか》や女郎も出没する地だ。紀州徳川家の屋敷が隣接しており、表通りの向こうが弁慶堀《べんけいぼり》である。

十内が陸亭を探したときには、あたりは濃い宵闇に包まれていた。岡場所の小路はどこも暗く陰湿だ。戸口の横に掛けられた行灯も弱々しい。

暗がりに立つ人影がある。店に雇われない夜鷹だ。紀州家の屋敷の反対側には、やはり同じ岡場所で有名な鮫《さめ》ヶ《が》橋《ばし》があり、そこであぶれた女が客を求めてくるのだ。

暖簾をくぐり戸口を入ると、すぐに狭い帳場があり、結界の向こうに顔色の冴えない年増女が座っていた。片手に持った煙管を煙草盆に戻し、

「初めてですね」

といって、深編笠を脱いだ十内の顔をしげしげと眺める。

「小雪という女を頼みたい」

いったとたん、女の表情が変わった。だが、それを隠すように視線を外し、

「小雪ならもういないよ。誰からあの子のことを聞いたんだね」

と、問いかけてくる。

「知り合いから聞いたのだ。女郎にしてはもったいないほどの女だとな。すると小雪は店を移りでもしたか」

「……死んだよ」

女はそっぽを向いていう。

「どういうことだ？」

「殺されちまったんだよ。去年の秋にね。むごいことをする悪いやつがいるもんだ」

（……殺された）

十内は店の奥に目を向けた。土間には暖簾がかかっており、その脇に二階に通じ

る狭い階段がある。

「下手人はわかっていないのかな」

女は無言だったが、目がそうだといっていた。

「つかぬことを訊ねるが、小雪を贔屓《ひいき》にしていた文兵衛という男がいる。そやつのことはおぬしも知っているだろう」

女は表情を変えまいとしたようだが、驚いたように目をみはった。心の動きを正直に出す性格なのだろう。

「知ってるけど、もうずいぶんとご無沙汰だよ。お侍はあの人の知り合いかい?」

「知り合いというほどではないが、会って話したいことがある」

女は、今度は「おや」と口をすぼめた。だが、すぐに平静を装って言葉を足した。

「あたしゃ客のことは穿鑿《せんさく》しないから、どういう素性の客かはわからないよ。会いたいなら自分で探すことだね」

「そうだな」

「他の女にしますか。小雪よりいい女がいますよ」

「いや、せっかくだが……」

　十内はそのまま陸亭を出たが、戸を閉めたあと、屋内で慌ただしい足音がしたのが気になった。それに、小雪と文兵衛の名を口にしたときの女の驚き顔……。

「あれはいったいどういうことだ……」

　疑問を口にしながら小路を抜けた。忍びよってきた夜鷹がいたが、貧乏侍に声をかけても金にならぬといってやった。夜鷹は興ざめた顔で闇のなかに引き下がった。

　近道をするために急な牛啼坂《うしなきざか》を下りる。生ぬるい風が坂下から吹きあげてきた。眼下には美濃《みの》今尾藩上屋敷と隣接する武家屋敷が闇にかき抱《いだ》かれている。空には星がまたたき、月が浮かんでいた。

　一ツ木町に通じるゆるやかな丹後坂《たんござか》に差しかかったとき、背後に急ぎ足でやってくる人の気配があった。道の左は閑静な武家屋敷で、右は今尾藩の長塀である。と、突然うしろからやってくる男の気配が強くなったとき、十内は振り返った。

その男が鴉《からす》が羽を広げるように闇のなかでふくらんだ。

　十内が刀に手をかけたとき、闇を切り裂く白刃が宙に閃いた。

第四章　遠雷

一

十内は跳び退きざまに抜刀して、相手の刀をすくいあげ、足を斬りにいった。しかし、曲者は素早く身を翻《ひるがえ》し、八相に構えたまま左にまわり込んでくる。

「何やつ」

「…………」

曲者は十内の問いには答えず、間合いを計りながら詰めてくる。じりじりっと、両者の距離が狭まる。曲者は尻を端折り、襷がけだ。月光に照らされた眼光がぴかりと光っている。頬の削《そ》げた怒り肩である。

「答えぬか。先夜の曲者とはちがうな」

相手の眉がぴくっと動いた。八相からゆっくり剣尖をあげ、大上段に変える。引いた足のかかとをあげて、いつでも撃ち込める体勢だ。十内は青眼の構えから、刀を右に倒し、さらに後方に引いた。右肘は脇についている。

曲者が動いた。上段から袈裟懸けに振り下ろし、踏み出した足に体重をのせて胴を抜きにくる。十内は逆袈裟に刀を振りあげると、頭上でくるっと小手《こて》を返し、足を踏み込みながら突きを送り込んだ。剣筋を見切った相手は、半身をひねりながら片手斬りの一刀を見舞ってきた。

凶刃は十内の肩口をかすめた。二人は同時に間合いを取るために、パッとさがった。

（こやつ、殺気はあるが、すぐに仕留めるつもりはないのか……）

十内には相手がわざと急所を外しているのがわかった。おそらく殺す前に、何かを聞きだしたいのだろう。

「誰の指図を受けている？」

「黙れッ。きさまこそ、誰の指図で動いている？」

男が初めて口をきいた。

「誰の指図であろうが、闇討ちをかける理由はなかろう」

十内は歩み足でゆっくり右にまわる。相手は継ぎ足を見せた。引いていた左足を右足に引きつけたのだ。十内はその動きに注意をする。右足から素早く攻めてくるか、それとも大きく撃ち込んでくるつもりか……。

十内は中段に刀を固定して、相手の動きを待つ。

来た。

大きく踏み込んで剣尖をのばしてきた。刹那、十内は半身をひねりながら相手の刀を横に払った。鋼《はがね》同士ぶつかって嚙み合う音がした。

曲者は器用に体《たい》をさばくと、数歩後退した。

「おぬし、名は？」

「自分から名乗るのが流儀ではないか」

十内の言葉に、相手は口をゆがめた。

「秋吉又兵衛だ」

「早乙女十内」

「文兵衛を探しているのはなぜだ？」

秋吉又兵衛から殺気が薄れていた。

「さてはきさま、陸亭にひそんでいたな」

「文兵衛を探すわけを教えろ」

「故《ゆえ》あってのことだ。それしかいえぬ。それより、きさまは文兵衛を知っているようだが、どういうつながりだ」

「つながりはない。だが、文兵衛を捕まえたい」

「ならばおれと同じではないか」

秋吉は眉宇をひそめた。

「異な事を申す。何故、文兵衛を探す？」

「さっきもいったとおり故あってのことだ」

秋吉はじっと十内を凝視した。

「どういうわけがあるのか知らぬが、手出し無用だ。だが、おぬしはおもしろい。いずれ勝負するときがあるやもしれぬ。早乙女十内と申したな。忘れぬぞ」

秋吉はすっかり殺気を消して、刀を下げた。

十内も刀を下ろし、片手で持った。

「秋吉、きさまは何者だ？　なぜ文兵衛を知っている？」

「おぬしには関わりのないことだ」

秋吉はそういうなり背を向けた。

「待て……」

十内は引き止めようとしたが、秋吉は無言のままやってきた坂を上りはじめた。

返事をする気はなさそうだし、二度と振り返ることもなかった。

（それにしてもおかしなことになった）

十内は秋吉の姿が見えなくなると刀を鞘に納めた。

源兵衛から頼まれて文兵衛を探しているが、何やらいろんな男たちが動いている。

さっきの秋吉又兵衛に、闇討ちをかけてきた山根長次……。他にもあやしげな動きがある。そのことを十内は強く感じていた。

それから半刻後――。十内は伊豆屋を訪ねた。

源兵衛は居間で晩酌をしているところだった。

「今日あたりお見えになるのではとお待ちしていたのです。さ、どうぞ」

源兵衛は酒で火照《ほて》った顔を十内に向けて、居間にいざなう。

そばには住み込みの女中が座っていたが、源兵衛が人払いだとさがらせた。

「まあ、一杯やりましょう」

十内は素直に酌を受けた。

「それでどのような按配でしょう」

源兵衛は商人の顔で訊ねる。

「手掛かりはあったが、途中で切れた」

「はて、それはいかようなことで……」

「わからぬ。それより、文兵衛がいなくなって、あの店を借りたのは紅屋だったというが、借り主のことはわかったか？」

「借り主は金兵衛という人でした。いまは上野で同じ紅屋の商売をやっております」

「上野で……なぜ、越したのだ？」

「どうにも客の入りが悪かったのでしょう。どうもあの店は商売には不向きのようです。居職仕事で商うならともかく、人通りの少ないところですからね」

「文兵衛はうまくいっていたのだな」

「そこそこだったはずです。文兵衛と紅屋の金兵衛さんのつながりも調べてみましたが、関係はないようでした。何か召しあがりますか？　肴《さかな》はこんなものしかありませんが……」

源兵衛の膳部には冷《ひ》や奴《やっこ》と貝の佃煮があるだけだった。

「いや、よい。それよりおぬし、おれの他にも文兵衛探しを持ちかけているのではなかろうな」

十内は目を厳しくして源兵衛を見る。

「はて、どうしてそんなことを申されます。頼んでいるのは早乙女様だけでございますよ」

「十日日限りと申したが、なぜ十日にこだわる？」

「十日探しても見つからなければ、見込みがないということです」

「見つからなかったら、他の者にまた頼むということか……」

「さあ、それはどうでしょう。そのときに考えなおすことにいたします」

十内は文兵衛が千八百両持っているという話をしようかどうしようか迷った。だが、それは胸先にたたみ込んでおいた。

「番頭の勝八だが、文兵衛がいなくなったあとで、この店に来たそうだな」

源兵衛は盃《さかずき》を持った手を口の前で止めた。

「さようです。前に雇っていた番頭は、耄碌《もうろく》しておりましたからやめてもらったのです」

「他に思惑があってのことではないのか」

「今夜は何やら疑い深いことを申されますね。いいえ、他意はありませんよ。あの番頭はそろそろ隠居したいと常々いってもおりましたから、ただそれだけのことです」

源兵衛は商売人特有の笑みを頬に浮かべる。

「まあ、そのことをおれが穿鑿してもはじまらぬことだ。おれは文兵衛を捕まえればいいだけのことだからな」

「そうでございます」

「しかし、文兵衛を捕まえた暁《あかつき》にはどうするつもりだ」

「盗んだ金をきっちりはたらいて返してもらいます。御番所に突き出せば、一文《もん》の得にもなりません。人は使いようですから」

「……それは賢い考えだろう。しかし、文兵衛は素直におぬしが思っているようにはたらくだろうか。この店の金を盗んだ男なのだ」

「それはよくよくいい聞かせるだけです。話し合ってもわからなければ、また別のことを考えなければなりませんが、それよりも文兵衛を見つけだすのが先です。そのために早乙女様にご相談しているのですから」

「それはそうであろう」

十内は酒を一気にほした。

「探しだす自信のほうはいかがです？」

「いろいろ手を尽くしている。自信があるかないかは別だ。おれは頼まれたことをきっちりやり遂げるだけだ。そうであろう」

「頼もしいお言葉です。わたしは楽しみにしております」

「期待は裏切らぬつもりだが、これがかりはどうなるかわからぬ。遅くに邪魔をしたが、何かわかったらまた訪ねてこよう」

「あと七日ですよ」

源兵衛は口の端に柔和《にゅうわ》な笑みを浮かべたが、目は笑っていなかった。

十内はそのまま伊豆屋を出た。

二

「早乙女様」

呼び止められたのは伊豆屋を出てすぐのことだった。振り返ると、庇の下にお春が立っていた。

「姿を見ないと思ったら、そんなところにいたか」

声を返すと、お春が近づいてきた。

「どこかでお話しできませんか」

「望むところだが、よいのか」

十内は気にするように店を振り返ったが、お春はかまいませんという。

「ならばその辺の店に入ろう。酒は嗜《たしな》むか？」

飲めないけれど、付き合いはできるとお春はいった。

十内は中之橋をわたった北紺屋町の小さな店に入った。衝立《ついたて》で仕切られた小上がりがあり、そこに腰を据えてお春と向かい合う。適当に肴を頼み、酒がくると、お春が酌をしてくれた。

「すまぬな」

「いいえ、どうぞご遠慮なさらずに」

「いろいろと訊ねたいことがある。まず、文兵衛が店を出せたことだが……」

十内は酒を飲んでから、早速切りだした。

「あれは自分の金で店を構えたのだろうか。そなたが嫁にゆくとき二十両の持参金があったと聞いているが、果たして二十両で店を出せるだろうかと思うのだ」

「たしかに二十両を持って嫁ぎましたが、文兵衛さんはそのお金だけで店を構えたのではありません。もっとも、手ごろな店を探してくれたのはおとっつぁんでしたが、文兵衛さんにはいくらかの蓄えがありました。だから、わたしの持参金と合わせて開店の元手にしたのです」

それなら納得がゆく。

「やはりそうであったか。それで甚五郎のことを源兵衛が調べるかもしれないといったが、それはどうだろう」

「もう調べたようです。勝八さんが甚五郎さんのことをあれこれ話しているのを耳にいたしましたから」

「それで……」

十内は手酌をして飲む。

「放っておいても大丈夫でしょうと勝八さんがいっていました」

「文兵衛がどこへ雲隠れしたのか、甚五郎ではわからないと思った。そういうことだろうか……」

「さあ、それはわからないことです」

「源兵衛のことだが、そなたは父御は損をするのが嫌いだといったな。もっとも誰でも損を好む者はいないと思うが、おれはとりあえず十両で雇われている。うまく文兵衛を探しあてて首に縄をつけることができれば、四十両の謝礼をもらうことになっている」

「………」

「ところが店から盗まれたのは、二百三十四両だ。差し引き百八十四両。……しかし、源兵衛はおれを雇う前にも何人かの者に文兵衛探しを頼んでいる。そのことは存じているな」

お春は知っていますといって、言葉を継いだ。

「早乙女様に頼む前に三人の人が同じように雇われました。そのときは前金で五両でした。文兵衛さんを見つけたら二十両の謝礼ということで……」

「するとすでに十五両損をしている。おれのと合わせると二十五両の費《つい》えだ。このまま文兵衛を探すことができなければ二十五両の損金が出る」

「その程度だったらおとっつぁんの懐はそう痛くないのでしょう」

「しかし、おれが見つけたとなると、損金は六十五両だ。二百三十四両を取り戻すために、六十五両は大きな出費になる気がする。そうは思わないか」

「そうおっしゃられると、そうかもしれませんが……わたしにはよくわかりません。でも、きっと計算があってのことだと思います」

十内は女中が持ってきた鰺《あじ》の干物を箸でほじった。脂が乗っているいい鰺だった。焼き加減もよい。単なる焼き魚でも、加減がある。この店の板前は腕がいいのかもしれない。

「さっき聞いたばかりだが、源兵衛は文兵衛を捕まえたなら、うまく諭《さと》して損金の穴埋めをさせるためにはたらかせるようなことをいった」

「考えられることです」

「そうか……」

　十内は酒を飲み、器用に箸でほぐした鯵の身を口に運んだ。大根おろしを少しだけ舌先にのせる。それだけで鯵のうま味が増すから不思議だ。

「じつはおかしなことを耳にしたのだ」

　お春はきょとんと首をかしげるが、その目はしっかりしていた。この女には心の強さが窺われる。十内は最初の印象とずいぶんちがうと思った。

「他言してほしくないが、おれを襲った男がいる。その男も文兵衛を探していた。そして、そやつは文兵衛は千八百両を持っていると……」

「千八百両……」

「そんな大金をどうして持っているのかわからぬが、そなたの店から盗みだした金高と勘定が合わぬ。また、盗んだ金を元手に儲けたとしても、一年やそこらでそんな大金を稼げるとも思えぬのだ」

「それは初耳です。でも、それがほんとうだとすれば、いったい……」

お春は黒く澄んだ大きな猫目をしばたたいた。見当がつかないという顔だ。

「まあ、そのことはよい。いずれわかるはずだ。それよりさっき源兵衛に聞き忘れたことがある。伊豆屋は諏訪伊勢守の御用達になっているようだが、文兵衛も諏訪家への出入りを許されていた。それは源兵衛の口利きがあったからだろうか」

「おそらく、そうだと思います。諏訪家への出入りを許されたとき、文兵衛さんはわたしのおとっつぁんには足を向けて寝られないといっておりましたから」

「すると、諏訪家の納戸役・北条時右衛門殿もそなたは知っているのだな」

「店に何度か見えたことがあります」

「伊豆屋が諏訪家の御用達になれたのは、北条殿の取りなしがあったからであろうか」

「……おとっつぁんは何度も北条様を接待していますから、そうなのかもしれません。文兵衛さんを諏訪家に紹介したおとっつぁんの真意はわかりませんが、わたしには嫁いだ娘に苦労させないためだといっていました」

その言葉をそっくり鵜呑《うの》みにはできないが、源兵衛は少なからずお春のことを心配していると考えていいだろう。

十内はお春の酌を受けてから、

「なにか話があったのではないか」

と、訊ねた。今夜聞きたいことはとりあえず聞いたので、話題を転じた。

「こんなことをいっていいかどうかわかりませんが、わたしは家を出ようと思います」

「…………」

「その前に死んでしまおうかと思い悩みもしました。でも、死ぬことには躊躇《ためら》いがあります。それで悩んで考えた末に、家を出るのがわたしのためだと思うのです」

「そうしたいと思ったら、やってみるべきかもしれぬ。だが、死ぬことを考えてはならぬ。せっかく生を受けたのだ。生きているかぎり、人は何かの役に立つ。立たないと思っていても、自分の知らないところで役立っているかもしれぬ。生きるということはそういうことではないだろうか」

「…………」

「だが、生きるのはつらくて悲しいことかもしれぬ。悔しい思いもする。だからといって、そこから逃げては人間終わりだ。それは弱い者がすることだ。それにしても、なぜそなたは親を嫌う。それほどいやなことがあるのか？」

十内はじっとお春を見つめた。

「いやなことはいろいろあります。おとっつぁんのことはすでに話しましたが、おっかさんも近ごろはわたしに対して冷たくなった気がします。もっとも、それはおとっつぁんの機嫌《きげん》を損ねないためだというのはわかっています。おっかさんは万事に細かく気を配る人ですから……。でも、それは何かとうるさいおとっつぁんに気を遣ってのことなのです。そんなおっかさんのことを気の毒に思うこともありますけれど、あの家にいても気が休まらないし、わたしにはどんどん居所がなくなっていくような気がして……」

「それは、つまりそなたに対する風当たりが強いということだろうか」

「はい」

十内はその気持ちがわかる気がする。自分も家にいるときはそうであった。家を出たのも似たようなことがあったからだ。

「おれはある家の部屋住みだった。兄が病弱で心許なかったときは重宝されたが、兄が元気になると、あっさり掌を返されてな」

十内は自嘲の笑みを浮かべて、酒を口に運んだ。

「早乙女様にそんなことが……」

お春は信じられないという顔で、目をしばたたいた。

「人にはそれぞれあるものだ。だが、苦悩して生きているなら、新たな道を切り拓くのも手だ。そなたが家を出たいと心に決めているのなら、そうすればいい。だが、ひとつだけいっておく」

「………」

「親を嫌う気持ちはそれとなくわかるが、恨んではいかぬ。五体満足に生まれ、そしてここまで育ててくれた恩というものがある。その恩をないがしろにしてはならぬ」

「はい」

お春はしっかりした目でうなずいた。

「悔しいことやつらいことをはねのけて生きることは大切だ。そなたのことを誤解していたようだが、きっとやっていけるはずだ。めげずに生きる道を見つけるのはいいことだろう」

お春の顔に微笑が浮かんだ。同時に安堵の色が頰に刷かれた。

「やはり、早乙女様にお会いしてよかった。心が軽くなりました。礼を申します」

お春は丁寧に頭をさげた。

「おれで役に立つことがあったら遠慮なくいってこい」

「はい、今夜は早乙女様に勇気をいただきました。ほんとうです。ありがとうございます」

「礼などいらぬ。その代わり、文兵衛探しについて何かわかったことがあったら、そっと教えてもらいたい」

「お力になれるのでしたら、わたしなんでもやります」

「だが、無理はしなくていい」

十内はそういってから、

「しかし、家を出たあとのことは考えているのだろうな」

と訊ねた。

「まだ決めてはいませんが、いくつかの考えがあります。ご迷惑かもしれませんが、今度はそれを相談させてください」

「そういうことなら楽しみにしている。しかし、そなたは文兵衛に未練はないのか？」

「ないといえば嘘になりますが、もうすっかりあきらめがついておりますから……」

そうであろう。お春は捨てられたようなものなのだから。

「さて、遅くなるといかぬ。今夜はこの辺で引きあげよう」

十内は勘定をするために女中を呼んだ。

三

「先生、いますか」

戸口で声がしたのは、十内が厠《かわや》の前で手水を使っているときだった。誰だと聞く前に、自分のことを先生と呼ぶのは、一人しかいないから孫助だとわかる。

座敷に戻ると、戸口に立っていた孫助が、

「こんち」

と、頭をさげて三和土に入ってきた。

「何かわかったか?」

「だから来たんですよ。へえ、場所は知っておりやしたが、なかなかいい家ですね」

孫助は上がり框に腰掛けてから、家のなかをものめずらしそうに眺めた。

「何がわかった」

「伊豆屋の番頭のことです。どんな素性かよくわかりませんが、妙なんです」

「妙とは……」

十内は孫助のそばであぐらをかいた。

「昨日のことですが、あの勝八という番頭は諏訪伊勢守の屋敷に行ったんです。そりゃ伊豆屋は諏訪家の御用達ですからおかしくはないんですが、一度見かけた浪人が、その屋敷から出てきたんです」

「それで……」

「へえ、それがどうも浪人じゃないようなんです。ありゃ諏訪家の家来ですよ。ですがね、もっと妙なのがその侍に、あの番頭がえらそうな口を利くんです。妙に権《けん》高《だか》なものいいでしてね」

十内は片眉を動かした。たしかに勝八という番頭は、人をどこか見下したところがあった。しかし、商家の番頭が大名家の家来に権高なものいいをするのはおかしい。

「その侍のことはわかったか？」

それがわからないと孫助はいってから言葉を継いだ。

「勝八と別れた侍はそのまま屋敷に戻っていったんですが、その侍は門番にえらそうなことをいうんですよ。てことはですよ先生、あの侍は諏訪家の家来ってことですよ。どういう役格で、なんの誰兵衛というのはわかりませんがね。でも、妙でしょう」

「うむ、その家来に勝八がえらそうなことをいうのはおかしい。諏訪家は伊豆屋の大事な客だし、その店の番頭が……」

十内は宙の一点を見据えて考えた。

「そのことは少しおれのほうで探ってみよう。孫助、ご苦労だったな。礼は改めてするが、また何かわかったら教えてくれ」

孫助が帰ると、十内は外出の支度にかかった。日限りまであと、七日である。謝礼の残り四十両を稼ぐには何としてでも片付けたい仕事であるが、それ以上にこの一件は糸が複雑にからまっているのではないかと思う。

着替えをしながら、赤い帯を手にしたが、

(今日はまずいか……)

と、心中でつぶやき、地味な献上の帯にした。

大小を腰に差し、戸口を出たところで深編笠を被って顎紐《あごひも》を結んでいると、ひょいとお夕が現れた。

「あら、今日もお出かけ」

と、聞いてくる。日の光にさらされたお夕の白い肌が、つややかに輝いている。

「さいわい忙しい身でな。由梨はどうした?」

「お仕事よ。張り切って出かけていったわ。今日は両国《りょうごく》でなくて浅草奥山《おくやま》で稼いでくるんだって」

「仕事に励むことはいいことだ。おまえは暇なのか」

ううんと、首を振ってお夕がそばに立った。

「あとで祐斎先生の仕事があるわ。行くのは昼過ぎだから、のんびりよ」

十内は、するとお夕は祐斎の前でまたしどけない恰好をして絵に描かれるのかと、その姿態を想像した。

「おれも絵を描いてみたいものだ」

「ほんと、じゃああたしの絵を描く？」

「できればな。では出かける」

十内はそういって、お夕のそばを過ぎる際、さっと丸みを帯びたお夕の尻を触った。肉置《ししお》きがよいぬくもりを感じたが、

「すけべえ！」

と、怒った声が背中にぶつけられた。十内はゆっくり振り返った。

「今夜は何かおまえたちにうまいものを馳走《ちそう》しよう。帰ったら家に来るといい」

「あら、それは楽しみ。では行ってらっしゃい」

ふくれ面をしていたお夕だったが、すぐに明るい笑顔に戻る。

西の空に薄鼠色の雲が低くたれ込めていた。それに雲が多い。一雨来そうな気配だ。

つい先ごろまで新緑の若葉が目にまぶしかったが、徐々に木々の葉は色を濃くしている。通りにある石榴《ざくろ》の木に紅《あか》い花が見えれば、武家屋敷の塀越しに忍冬《すいかずら》の花を

垣間見《かいまみ》ることができた。商家の庇に巣を作った燕たちが、視界を切るように飛んでゆく。

十内は鎌倉《かまくら》河岸に出るとそのままお堀沿いの道を辿り、九段坂の上に向かった。空はだんだんに厚い雲におおわれつつある。太陽も雲に隠されてしまい、あたりは夕暮れのような景色だ。

田安《たやす》御門をやり過ごし、そのまま足を進めた十内は新道一番町の通りに入り、ある屋敷の前で足を止めた。心なし緊張する。門は立派な冠木門《かぶきもん》だ。その門は閉まっているので、脇の潜《くぐ》り戸《ど》に手をかけて、屋敷内に入った。

「おい、誰の屋敷だ?」

比婆山の左右衛門の指図を受け、十内を尾行してきた与三郎は連れの千太郎を振り返った。

「わかりません。辻番で聞いてみますか」

「そうだな。だが、あやしまれぬようにしないと……」

「その辺はおまかせあれってもんです」

おどけたようにいった千太郎は、通りの先にある辻番に向かっていった。

与三郎は近くを見まわして、十内の入った屋敷を見張ることにした。

四

真っ先に十内に気づいたのは中間だった。

「これはお帰りでございますか」

「久しぶりだな。元気そうで何よりだ。ところで父上は登城中であるか」

十内は実家に帰ると、ちゃんとした武士言葉になる。

「はい。お城でございます。若殿様は、宿直《とのい》からお帰りになったばかりで、お休みなっておられます」

「兄上のことはよい。父上の帰りはわかるか？」

「遅くならないようなことをおっしゃっていましたが……」

「さようか」

十内はさっさと玄関に入り、式台をあがって奥の間に行った。

「母上、ご無沙汰をしております」

母・多恵の姿があったので、両手をついて挨拶をした。

「これは突然。いったいどういたしました」

「父上にお訊ねしたい儀があり、立ち寄らせていただきました」

「立ち寄るだなんて、ここはおまえ様の家ではありませんか。それより十内」

多恵は膝を進めて近づいてきた。

「いったい何をしているのです？　養子の口がいくつもあるのですよ。婿に入れば、父より出世がかなうことだってあるのです。それなのにわけのわからぬことを……」

多恵はため息をつく。

「母上、わたしにはわたしの考えがあってのことです。この家は兄がいるから安泰でございましょう」

「おまえ様は安泰ではないではありませぬか」

「いいえ、わたしは自分の道を楽しんでおります」

「勝手なことを……。だから父上が気を揉むのです。少しは考えたらいかがです」

「わかっております。わかっておりますから」

十内は辟易《へきえき》する。顔を合わせれば母は小言をいうのが常だ。だが、それは自分のことを思ってのことだとわかっているから強く反撥《はんぱつ》はできない。

「父上のお帰りは……」

「今日は早いと申されていたので、昼過ぎにはお帰りでしょう。すぐに帰るわけではないでしょう。昼餉を食べてゆきますか？」

「いただきます」

久しぶりに見る母は少し老けたと思った。

十内は昼餉のあと茶を淹れてもらい、かつて自分の使っていた部屋に行った。文机と箪笥《たんす》があるだけで、がらんとしていた。多恵はいつでも帰ってこいといっている。

隣の座敷は兄・伊織の部屋になっていて、かすかに鼾《いびき》が聞こえてきた。すでに妻帯し一子を儲けている。兄の妻は、子供を連れて実家に遊びに行っているらしい。

十内は父・主膳の使う書院前の縁側に腰をおろして茶を飲んだ。

閑静である。庭には父好みの木や花が植えられ、築山《つきやま》が施されている。どこかで時鳥《ほととぎす》の鳴き声がしていた。

父に訊ねることは重要である。それゆえに戻ってきたのだが、父に会うと思うと、いやがおうでも緊張し、妙に心が萎縮《いしゆく》してしまう。そんなとき、やはり自分は、引け目や負い目を感じているのだと十内は感じる。

なぜか孤独感を覚えた。自分は一人なのだと。すると、伊豆屋のお春の顔が、瞼の裏に浮かぶ。お春と自分は似たような境遇ではないかと思う。

十内は二十歳《はたち》を過ぎてからずっと孤立感を味わっていた。自分は所詮、早乙女家の次男で部屋住みである。恵まれない次男であると。なぜ、長男が優遇され、次男はそうでないのかと、その差別意識に反感を覚えていた。

やけになり酒と女に溺《おぼ》れ、無闇に喧嘩したことも幾度となくあった。しかし、お春には憂さを晴らす場所も相手もいない。ただ、じっと孤独に耐え自分と闘いながら、懊悩《おうのう》しているのだ。

十内はそこまで思い至って、お春のよりよい理解者になってやろうとしている自分に気づいた。

（あの女には幸せになってもらわなければ……）

十内は空をすっぽり覆った雨雲を眺めた。

お春に強くなってもらいたいという痛切な感情が、胸の内にせり上がってきた。

十内には自分に与えられた不遇をはねつけ、そして、その不遇に敢然と立ち向かい、自分で自分の人生を切り拓くという確たる意志があった。もっともそんなことはおくびにも出さないが、少なからずお春にもその気持ちをわけてやりたいと思う。

心が折れそうになったときこそ、人は強くならなければならない。お春には頑張ってもらいたい。もっとも男と女ではちがいがあるから難しいことかもしれないが……。

「十内、父上がお帰りですよ」

ふいの声があった。

振り返ると、すぐそばに多恵が立っていた。

十内は多恵といっしょに玄関に行き、式台の前で主膳を待った。

すると、いくつかの足音がして、開かれた玄関の向こうに供侍を連れた主膳の姿が現れた。裃《かみしも》姿である。顔を正面に向け、力強い足取りでやってきて、平伏している十内を強く見た。

「帰ってきておったのか」

「お帰りなさいませ」

十内は言葉を返した。

「どういう風の吹きまわしだ」

主膳は両刀を多恵に渡してさっさと座敷にあがった。

「お訊ねしたいことがあります」

「どんなことだ。それより多恵、茶を持ってこい。十内、着替えをすましてから話を聞こう。ころ合いを見てわしの部屋に来い」

主膳が奥の間に消えると、

「母上、茶はわたしが運びましょう」

と、十内は多恵にいった。

五

主膳は十内が運んでいった茶を静かに服した。その間、一度も十内と目を合わせなかった。十内は話を切りだすきっかけを探しながら、きちんと正座している。先に口を開けば手厳しい言葉をぶつけられるのはわかっている。ここは少し待つべきだった。

十内は曇天の下で、青い葉を揺らす李《すもも》の木をながめた。幼いころ、あの木に実がなるのが楽しみだった。兄・伊織と競ってもぎ、甘くてほの酸っぱい実をかじったものだ。今年もあのような実がなるだろうかと、ぼんやり考えているときに声がかかった。

「何をしておる」

十内ははっとなって主膳を見た。

普段着に着替えた主膳ではあるが、一家の主としての威厳は忘れておらず、また表右筆組頭という風格が身についている。

「相談したいことがあるのです」

「たわけッ。そんなことではない。何をして暮らしているのだと聞いておるのだ」

体は十内のほうが主膳より大きいが、風格で圧《お》されていた。

「困っている人の手助けをしております」

主膳の大きな眉が動いた。どのようなことだと言葉が足される。隠してもいずれわかることである。十内は正直に打ち明けた。

「人の困り事を請け負う相談所と申すか。……ふう。まあ、それも一時のことであろう。好きにすればよい。それで、話とはなんだ？　相談所の者がわしに相談をしに来るとはお笑いぐさであるが、ありていに申せ」

嫌みともとれる辛辣《しんらつ》な言葉をぶつけられたが、十内は意に介さずに答えた。

「諏訪伊勢守様のお家のことです。つまり、信濃高島藩について、父上が存じておられることを教えていただきたいのです」

「なにゆえ、そのようなことを……」

言葉を切った主膳は、その先のことをいっても詮無いと思ったらしく、

「おまえの仕事の役に立つということであるか？」

といった。

「役に立つかどうかわかりませんが、知りたいのです。決して悪用するわけではありません」

主膳はもう一度茶に口をつけて、視線を少し泳がせた。何かを思い出す目つきで

ある。

　表右筆は奥右筆より格下ではあるが、幕府の命令伝達事項の草案や公文書などの管理監督をしている。もちろん、仕事はそれだけではないが、諸藩の動きに通じている部署であった。

「諏訪家は譜代席であり、有能な人物がいる。伊勢守忠恕《ただみち》殿の正室は、かつて老中筆頭を務められた松平定信《まつだいらさだのぶ》公のご息女である。伊勢守は才気煥発《さいきかんぱつ》な人柄であると聞いておるから、幕閣に登用されてもおかしくない人物であろう。ところが、国許の仕事が大変らしい。諏訪湖の治水事業や養蚕業を奨励され、成功を収められている。しかしながら凶作がつづき、百姓一揆《いっき》が起きてその鎮圧に苦心しておられると聞く。藩の財政はなかなか厳しいようだ」

「…………」

「大藩ではないが、所領は三万石である。わしにわかるのはその程度だ」

　主膳は調べればもっとわかるという顔つきだった。

「当主は江戸詰でしょうか？」

「参勤の年だったはずだ。十内、まさか諏訪家にいらぬ存念でもあるのではなかろうな」

曇り空で部屋のなかはうす暗いが、主膳の目がきらりと光った。

「決してそのようなことはありません。すると、諏訪のお殿様は幕政に加わっておられないのでしょうか……」

「その限りではないが、いまのところはない」

「しかし、幕府要職につきたいという願望はおありだと推察できるのでは……」

「異な事を申すやつじゃ」

主膳の口許がほころんだ。十内は父がこういった話を好むことを知っている。

「譜代大名にかぎらず、外様《とざま》でも幕府要職につきたいのは誰しも同じだろう。諏訪家しかり。だが、それはなかなかかなうものではない。目に見えぬ綾《あや》があるのだ」

「目に見えぬ綾……」

「人事とは才覚のある人物だけを取りあげるのではない。もちろん、それは理にかなわぬことではあるが、才知はなくとも人柄で出世する大名もいる。もっといえば、袖の下ということもある。これは口外してはならぬぞ」

釘を刺された十内は、幕政人事もそんなものかとわずかに失望したが、それが世の常なのだろう。

「……なるほど、おおむねわかりました」

　もっと他に聞くことがあったはずだが、十内は久しぶりに父と相対して、やはり緊張しているようだった。

「おまえの相談とはそういうことであったか」

「はい、お教えいただきありがとう存じます」

　主膳は小さくうなずいたあとで、また口を開いた。

「これから先どうするのだ。まさか、いまの暮らしをつづけるというのではあるまいな。おまえは二十七だ。その年ならすでに妻帯し、一家の主となっている年齢である。心得次第では仕官できるのだぞ」

「承知しております」

「婿入りの話がいくつかある。その気になったらすぐに戻ってこい」

　主膳は我が息子にぴたりと視線を据えていった。

「はばかりながら申しあげます」

「なんだ？」

「養子に行く気はありません。わたしはわたしに似合う女を妻とします。そのような女を探しますゆえ、その手の話があってもお断りくださいませんか」

主膳の頬が一瞬引きつったように動いた。

「いつからそのような生意気を……。まったくもっておまえというやつは」

主膳は大きなため息をついて言葉を足した。

「おまえの気持ちはわかった。だが、家名を汚《けが》すようなことはしてはならぬ」

「重々承知しております」

書院をさがると台所に行き、

「母上、油はありますか？」

と聞いた。

「例のものだったら、好きなだけお持ちなさい。うちではあまり好まれませんから」

「醍醐《だいご》もでしょうか」

「あれも持って行ってかまいません」

醍醐とはバターに相当するものをいう。また、十内が訊ねた油は、オリーブ油だった。これは長崎の阿蘭陀《オランダ》商館から、幕府に持ち込まれたもので、あまり評判がよくなかった。父・主膳がそれと聞きつけて、台所役人からもらい受けていたのだ。

十内は油を二升、バター（バタと短く呼んでいた）を二斤《きん》ほどもらった。それを風呂敷に包んでいると、多恵がそばにやってきた。

「父上からも話があったと思いますが、婿入りの……」

「それはお断りしました。わたしにはその気がありませんから。その旨はっきり父上に申しておきました」

自分のいいたいことを遮られた多恵は、あきれ返った顔をした。

「おまえって人は……」

「申しわけありません。それでは母上、またまいります」

長居をすればまたあれこれいわれるのはわかっている。十内は逃げるように玄関に向かった。

六

江戸の空をすっぽり覆った黒い雲は、いまにも泣きだしそうだった。帰路を急ぎながらあれこれと考えを整理する十内だが、なかなかまとまりがつかない。ただひとついえるのは、伊豆屋と諏訪藩の間には何かあるのではないかということだ。しかし、それが文兵衛とどうつながっているかは不明である。

武家地のあちこちで鳴き合う鶯《うぐいす》の声が聞かれた。雨は降りそうで降らない。調べなければならないことはまだ腐るほどありそうだが、どこをどう調べるのが最善の手であるか、それがわからない。

(とにかくまずはこれを持って帰るのが先だ)

十内は実家からもらったバタと油を後生大事に小脇に抱えている。人の目を感じたのは、鎌倉河岸を過ぎたあたりだった。

(誰かに尾けられている)

またかと思う。

源兵衛の使いか？　あるいは赤坂で闇討ちをかけてきた秋吉又兵衛か……。いや秋吉なら堂々と姿を現すはずだ。すると、誰だ……。

(尾けるなら尾けてこい)

相手が襲ってこないかぎり、好きにさせることにした。そのほうが相手の尻尾をつかみやすいかもしれない。

十内は町屋の路地をずんずん進んだ。尾行者の気配は消えない。自宅へ先に寄るつもりだったが、そのまま歩きつづけた。鼠色をした厚い雲はますますたれ込めてきている。

馬喰町を抜け米沢町《よねざわちょう》に入った。少し足をのばせば、江戸一番の盛り場である両国西広小路だ。太鼓や囃子《はやし》の音が低い雲に吸い込まれている。

立ち寄ったのは看板に「ももんじ屋」と書かれた獣肉屋であった。ここには生肉もあるが、ほとんどが塩蔵された鳥や獣の肉だった。塩蔵とは、簡単にいえば塩漬けである。室町のころより行われてきた保存法であった。

十内は鴨《かも》肉を仕入れると、つぎに柳橋《やなぎばし》の魚屋で鮑《あわび》を求めた。その際、両国の雑踏を抜けたのだが、いつしか尾行者の影が消えていた。まくつもりはなかったのだが、相手は自分を見失ったのかもしれない。

家路につきながら周囲に気を配ったが、やはり尾行者は消えたようだ。家に辿りついてすぐに、遠雷が聞こえた。つづいて、ぼとぼとと地面をたたく雨音。

危機一髪で雨に降られなかったが、結構激しい雨である。ぴかぴかっと蒼白《あおじろ》い光が家のなかを満たした直後、耳をつんざく雷鳴が轟いた。

ざーっと降りだした雨は、早くも水溜まりを作りはじめた。天が休めといってるのかもしれないと、十内は都合よく解釈する。

浴衣に着替え、両袖をまくり襷をかけた十内は料理に取りかかることにした。

考え事をしたい時、十内は料理をする。

まずは塩を振りかけて昆布巻きにされた肉をほどく。竈に火をつけて湯を沸かす。塩蔵された肉はすでに解体されており、骨を抜いてある。

鍋の湯を沸かす間に七輪《しちりん》を用意し、それにも火を入れる。

雷はいつしか遠ざかったが、雨の勢いは止まらない。部屋のなかは夜の暗さだから、居間に行灯をともし、台所には手許がよく見えるように燭台をともした。

湯が沸くと家のなかに蒸気が満ちた。七輪の火をととのえる。これでおおむね支度は完了である。

鍋の湯は熱湯ではない。人肌より少し熱い程度だ。その湯に鴨肉を入れ、皮がほとびるまで煙管を吸って待つ。

「ひゃひゃっひゃ……」

奇妙な声がしたと思ったら、戸口の前で「早乙女さーん」「早乙女ちゃーん」という声が重なった。聞くまでもなくあのおきゃんな二人だとわかる。

「入れ。雨が吹き込むといかぬからすぐに戸を閉めろ」

声を返すと、由梨とお夕が土間に飛び込んできた。

二人とも十内と同じ浴衣姿だった。すぐ隣なのにもうずぶ濡れよ、障子にあかりが見えたから早く来たの、今日はご馳走があるんでしょと、どっちがしゃべっているのかわからないが、由梨とお夕は交互に話しかけてくる。

「なに、この家暑くない」

由梨がいう。

「火を焚いてあるからよ」

お夕である。

「おい、おまえたちあとで手伝ってもらうが、それまでおとなしくそこで待っていろ」

ぞんざいにいった十内だが、しばし目が点になった。由梨もお夕も浴衣一枚しか着ておらず、雨に濡れたせいか、濡れた着物が肌に張りついて透けて見えるのだ。

なんと二人とも立派な形のよい乳房をさらしている。本人たちは気づかないらしく、七輪の前にしゃがみ込んでさかんに手拭いで濡れた腕や首筋を拭いていた。

「酒の用意をしてくれるか。お夕、おまえがやるんだ。由梨、おまえは七輪の火を見ろ」

いいつけた十内は、鴨肉をほとびらかしている湯に、少量の塩を振りかけた。いわゆる呼び塩である。これで早く塩が抜ける。

適当なところでさっと肉をあげると、俎《まないた》の上に置いておく。これでほとんど塩は抜けていて、肉も新鮮なものとほとんど変わらない。

つぎに肉につけるタレを手際よく作る。材料は酢・醤油・味醂《みりん》・砂糖だ。ときどき味を見て甘みをつけるために砂糖を加える。砂糖はできれば、粗《ざら》めである。これでないといけないという十内のこだわりがある。

つぎに用意したのが陶板である。七輪にのせて、陶板を熱し、それに油を引いた。由梨とお夕がものめずらしそうにのぞき込んでくる。何を作るの、それってお肉ではない、そこにあるのは鮑よなどとうるさい。

「酒の支度はできているのか」

「もう飲んでるわ」

由梨が答える。たしかに頬が少し赤い。

（おれより先に口をつけやがって……）

文句は胸の内でとどめることにして、七輪を居間に運び、ここに座れと由梨とお夕をうながす。

「おまえたち、仕事はどうしたのだ？」

「天気が悪いから早じまい」

由梨が答える。路上で曲芸を披露する仕事だから天気に左右されるのだ。

「あたしも同じ。せっかくその気で行ったのに、祐斎先生、今日はいいっていうからさ」

何がその気なのかよくわからないが、お夕は口をとがらせていう。

十内は大きめに切った肉を陶板に敷く。ジュッという音がして、蒸気がふわっとあがり、顔を包む。そうやって肉を焼き、ぱぱっと軽く塩を振る。さらに、賽子《さいころ》程度のバタをのせる。次第にそのバタがとろーりとろーりと、肉を包む。バタの香りが匂い立ち、鼻腔をくすぐり、空腹感がいや増す。

「なに、このいい匂い」

「おいしそうー」

由梨とお夕は口々にいう。十内はどっちがしゃべっているのかわからない。どっちでもいい。作っておいたタレをそば猪口にわけて、それぞれに配る。

「よし、食っていいぞ」

十内の声で、真っ先に由梨が肉をつまんだ。タレにつけて食べる。お夕もそれにつづく。

二人の目が驚いたように丸くなる。ふわぁっと、妙な声を漏らす。

「うまいか？」

「おいしいィ……ねえねえお夕ちゃん、どう、おいしいでしょう」

「うん、こんなの初めてよ。お肉の味が、ふわーっと口のなかで……ああ、とろけるように……脂が……たまらない」

「お塩の加減もいいでしょう」

「いい、いい。早乙女さん、すごい料理人」

二人は尊敬の眼差《まなざ》しを十内に向ける。十内も食す。満足だ。

「月に一度ぐらいはうまいものを食わないと生きている意味がない」

「そう、意味がない」

　由梨が和する。

「生きているって感じ、幸せー」

　お夕がうっとりした表情になる。三人は肉を食し、酒を飲む。由梨とお夕は口の端にタレをくっつけたままくだらないことをしゃべくり合い、笑い合い、酒を飲んで酔う。十内は二人の話をほとんど聞き流している。

　つぎに取りかかったのが、鮑料理である。これもバタを利用する。七輪に網をのせ、鮑を殻ごとのせる。殻のなかにさっきのタレとはちがう薄味のタレが入れてあり、グツグツと煮える前にバタを少量入れる。香りと味を引き立てる三つ葉や椎茸《しいたけ》を入れてもよいが、そんなものはない。ないが、そのままで十分だ。

「よし、食ってよいぞ」

　十内は二人に勧める。二人は恐る恐る箸をのばし、鮑の切り身を器用につまみ、口に入れる。

「ほっほっほっ……」

由梨が頬をすぼめ、鮹のような口をする。たまらないという表情だ。

「……おいしい。まわりはコリコリしているけど、身が身が、じゅ、じゅわーっと……ああ、天国の料理みたいィ……」

お夕は至極満足げなえくぼを浮かべる。

「おお、天国の料理ときたか」

二人の感激ぶりに、十内は満足した。馬鹿なのか利口なのかわからないが、おきゃんな女相手は気を遣わなくていいから、とにかく楽しい夕餉となった。

七

「雷は遠ざかったな」

近藤左右衛門は縁側に立って、独り言をつぶやいた。遅咲きの菖蒲《しょうぶ》が座敷からこぼれるあかりに、ぼんやり浮かんでいた。紫陽花の大きな葉に張りついている雨蛙《あまがえる》が、雨に打たれつづけている。大根畑にある隠れ家だった。

「お頭、与三郎と千太郎が戻ってきました」

手下の声で左右衛門は振り返った。そのまま燭台をともしている座敷に移ると、雨に濡れた与三郎と千太郎が土間で体を拭いていた。

「やつのことはわかったか？」

「わかりましたが、よくわかりません」

与三郎の言葉に、左右衛門はわずかに首をひねった。

「どういうことだ」

与三郎と千太郎は座敷にあがって、左右衛門の前に座った。

「やつの名はわかりません。ただ、一番町の屋敷に入って行きまして、そこは早乙女主膳という旗本の家でした。早乙女主膳はなんでも表右筆組頭だとか……」

与三郎がいう。

「それでは大身旗本ではないか。そこになぜ、その浪人が……」

左右衛門は宙に目を据えた。もしや、諏訪家も動いているのかと考えをめぐらした。いや、動いていて当然であろうが、表右筆が関わるはずがないと否定する。そんなことは絶対にありえない。

「その浪人の家は？」

左右衛門の問いかけに与三郎が千太郎を見て、おまえが答えろという顔をした。

「へえ、うまく尾けたんですが、両国で見失っちまいまして……」

「つまり、その浪人の住まいは突き止めることができなかった。そういうことだな」

「面目ありません」

千太郎は頭《こうべ》をたれる。

「ですが、やつは牢屋敷の近所に住んでいるはずです。先日やつを襲ったのも牢屋敷のそばでしたし、今日やつを見かけたのもあの近くでした」

与三郎だった。

「だが、どこに住んでいるかは結局のところわからないというわけだ。何者であるかもわからない。そういうことだな」

「ま、そういうことになります」

与三郎は頭をかいて、もう少し調べますかという。

「いや、もうよい。いつまでもわけのわからない浪人にこだわっていてもしかたない。それよりも、荒井清次郎の行方がわからなくなった」

「居所を見つけたんでは……」

与三郎が目をまるくして身を乗りだした。

「それがいなかったのだ。逃げたのかもしれぬ」

左右衛門は唇を噛んで、燭台の炎をにらむように見た。壁に自分の影が大きく映っていた。荒井が江戸から逃げたとすれば、探すのが難しくなる。

「それじゃ文兵衛は？」

左右衛門は声を漏らした与三郎に顔を戻した。

「やつのこともわからない。もう一歩のところまで追いつめているはずだが……。升蔵を殺したのはまちがいだったか……」

升蔵は荒井と文兵衛とつるんでいた男だ。その男との連絡が途絶えたとなれば、荒井と文兵衛は身に危険を感じているはずだ。

「何か手を打たなければならないが……」

つぶやく左右衛門だが、その方策を探しあぐねていた。ただ、じっと手をこまねき、仲間の集めてくる種（情報）を待っているばかりでは埒《らち》が明かない。そろそろ自分でも動くべきだと考えているが、手掛かりがないと無駄な動きとなる。

心中苛立《いらだ》ちを覚えている左右衛門だが、こうなったら諏訪家に探りを入れようかと、ぼんやりと考えた。

「どうされました……」

与三郎が怪訝そうな顔を向けてきたので、左右衛門は我に返り、

「小助がまだ帰ってこない。やつが何かつかんでくるかもしれぬ。外は雨だ……」

左右衛門は表に視線を投げた。縁側の先で降りしきる雨が、うっすらと燭台のあかりを受けていた。

「喜市、酒の用意をしろ。飲みながらよい手がないか考えよう」

左右衛門がそう指図したとき、戸口ががらりと開き、小助が飛び込んできた。

「お頭、文兵衛の居所がわかりました」

全員がずぶ濡れになっている小助に注視した。

遠いところで雷が鳴っていた。

第五章　逃亡者

一

雨は夜半にやみ、夜明け間近を知らせる鴉や鳥の声がしている。

立ち昇る川霧が河岸道を這《は》うように漂っていた。左右衛門とその手下は、朝まだきの時刻に大根畑の隠れ家を出ると、文兵衛がひそんでいるという神田八名川町にある青木屋という瀬戸物屋に向かっていた。その店は、小助の放った男が嗅ぎつけたのだ。

昨夜、左右衛門は再三再四、それこそ念を押すように小助に、たしかなことかと聞いたが、小助は今度こそまちがいはないという。

左右衛門はそのまま乗り込もうかどうしようか迷った。だが、外はひどいどしゃ降りだった。そんななか文兵衛が隠れ家を移るとは思えなかった。ならば夜討ちはやめて、朝駆けだと決めたのだ。

左右衛門を先頭に、千太郎、与三郎、小助、喜市とつづく。みんなは刀を落とし差しに差している。左右衛門を含めて貧しく恵まれない下士の出である。そして、思いはひとつだった。大金を手にしたら、これまで味わうことのできなかった贅沢をするのだと。

だが、それは一時のことで、まとまった金を手にしたらそれぞれに商売の元手にしようと考えている。

左右衛門はそんな仲間を集めているのだが、実際そううまくいくとは思えない。一度盗みの味を覚えると、なかなか足を抜けないものだ。何より無駄な苦労をせずに金になる仕事である。堅実な考えなどすぐに捨て去るに決まっている。いずれにせよこの男たちは自分についてくると、左右衛門は確信を持っていた。

鳥たちの声が高く響くようになった。東雲《しののめ》にうっすらと曙光《しょこう》がにじんでいる。町屋まで忍び這う川霧も薄れていた。

新シ橋の北詰を左に折れ、二筋目を右に曲がる。そこから小助が案内に立った。

みんな無言である。刀の柄にしごきをかける者がいる。

青木屋は間もなく行ったところにあった。小さな店だ。あたりはひっそりしている。雨を吸った木々の幹や枝葉が、先にある出羽《でわ》鶴岡《つるおか》藩酒井屋敷の塀の上にのぞいている。北側には囲籾蔵《かこいもみぐら》町会所の塀が長くのびている。神田八名川町は片側町であるし、人通りの少ない町屋なので、小店ばかりだ。

「ここです」

声をひそめて小助が振り返った。

左右衛門は青木屋を眺める。表戸はきっちり閉まっている。二階屋で、その二階の窓も閉め切られたままだ。庇から、ぽとっと、雨のしずくが落ちた。

「千太郎と小助、裏へまわれ。荒っぽいことはしたくないが、もしものことがある」

左右衛門が「行け」と顎をしゃくると、千太郎と小助が脇の小路に消えた。

左右衛門は与三郎と喜市を振り返り、

「ぬかるな」

といって、表戸をたたいた。

「ごめんくださいまし」

声音《こわね》を使って声をかける。二度三度と繰り返しながら、戸をコツコツとたたく。家人が気づいたらしく、足音が近づいてきた。

「どなたで……」

用心深い声であった。左右衛門は眉間《みけん》にしわを彫った。聞き覚えのあるような声だったからだ。

「隣町の周兵衛です」

いかにもありそうな名前を口にした。徒目付をやっているとき、何度も使った手だ。

「周兵衛さん……。どんなご用で……」

「ちょいと困った事があるんです。大事な鍋が割れちまいまして、飯が作れないんです。申しわけありませんが青木屋さんで用立ててもらおうと思いまして……」

戸板一枚挟んだ向こうで躊躇う気配があった。

左右衛門は仲間を振り返った。与三郎と喜市は息を呑んだ顔で脇に控えている。

やがて、ゴトゴトと音がして、用心深そうに戸が開けられ、人の顔がのぞいた。とたんに、はっとその目が見開かれた。

左右衛門は荒井清次郎だとすぐに気づいた。とっさに、戸の隙間に刀の柄を挟み込む。荒井は戸を閉めようとするができない。あきらめて慌てて奥に駆け戻った。

左右衛門は無言のまま脇差を抜いて、背後についている与三郎と喜市に顎をしゃくった。

そのまま店のなかに飛び込み、闇に目を慣らす。障子の影に人が立っている。

「荒井清次郎、出てこい」

声をかけるなり、白刃が闇のなかで閃いた。

左右衛門は下からはねあげると同時に、荒井の刀を横に流した。荒井の体が泳ぎ、土間の壁に体をぶつけた。すぐさま左右衛門は脇差を振って小手を撃ちにいった。

だが、間合いが外れて、荒井が大刀をふりかざしてくる。

「逃げろ！　逃げるんだ！」

荒井のわめき声と同時に、二階で慌ただしい物音がした。

左右衛門は斬りつけてくる荒井の刀をすりあげて、その体を突き飛ばし、

「二階だ。逃がすな」

と、指図する。

それと心得た与三郎と喜市が二階につながる梯子《はしご》をのぼっていった。

横に薙《な》ぎ払った荒井の刀がビュンと刃風をうならせた。左右衛門は背後にさがったが、上がり框に足をぶつけ、尻餅をついた。その隙を逃さじと、荒井が眉間を割りにくる。

半身をひねってかわしたが、荒井はつづけざまに斬撃《ざんげき》を送り込んでくる。狭い屋内なので刀を大きく振れない。だが、左右衛門は脇差なので、その分有利である。荒井の殺人剣をかわしながら、障子を倒し、瀬戸物を踏み割った。

二階で「逃げた、追え」という声がした。

左右衛門はそれにかまっている暇はない。逃げたのはおそらく文兵衛だろう。仲間は四人いる。逃げられるはずがないと高をくくりつつ、荒井を押さえるために、反撃を試みる。殺すつもりはない。致命傷にならない程度に斬りつけるだけでよい。

だが、荒井はちがう。命がけで撃ちかかってくるのだ。居間に躍りあがって対峙する。荒井ははあと荒い息をしながら肩を動かしている。

「荒井、金はどこだ?」

「そんなの知るか」

「いえ、いえば殺しはしない」

「そんなことが信用できるかってんだ」

「おまえの助をするつもりなのだ。刀を引け」

「その口には乗らねえよ」

吐き捨てるなり、荒井が突きを見舞ってきた。

左右衛門は懐に呼び込みながら、右足を踏み込み半身をひねり、脇差の柄頭で、思い切り荒井の後ろ首をたたきつけた。

「うぐッ……」

荒井の膝が折れ、体が沈み込んだ。左右衛門は間髪を容《い》れずに、荒井の背中にもう一度柄頭を見舞った。

そのまま荒井は前のめりに倒れた。左右衛門は荒井の刀をもぎ取り、背中を膝で押さえつけると、二階を見た。しかし、もう物音はしなかった。代わりに表のぬかるみを走ってくる足音がして、人が飛び込んできた。

千太郎だった。

「捕まえたか?」

「逃げられました」

左右衛門はくそッと吐き捨てて、舌打ちをした。

二

源兵衛は朝餉をそうそうに食べ終わると、自分の部屋に引き取った。その間に、番頭の勝八と通いの奉公人たちがやってきて、開店の支度をはじめた。

お春はお栄と質素な朝餉に取りかかった。納豆にみそ汁、梅干し、残り物の冷や奴。

食は進まない。昨夜寝ずに考えていたことがあった。そのことを母に告げようかと、みそ汁をすすりながらお栄をそっと窺い見る。お栄は年々体が丸くなっている。食欲も旺盛だ。

「お春、飯を食べたら買い物に付き合っておくれ」

ふいにお栄が声をかけてきた。

「お買い物……」

「あんたの着物を誂《あつら》えるんだよ。いま着ているのだって、もうずいぶん古いじゃないか。嫁入り前の娘が着古した着物のままじゃみっともないでしょう」

ずいぶんと思いやりのある言葉をかけられたものだと、お春は内心で驚くが、お栄の腹の内はわかっている。立派な伊豆屋の、それも諏訪家の御用達になっている店の娘が古着を着ていたら世間体が悪いと、人の目を気にしているのだ。

「わたしはこのままでかまいません」

「そうはいかないさ」

飯をかき込んだお栄は、茶碗と箸を膳部に置いて茶を飲んだ。いま話してしまおうかと、お春は迷った。

近いうちに家を出て一人で暮らします――。

そう告げたかった。厄介者扱いされ、冷たい視線で見られることに耐えられない。寝ずに考えたことを話せば、どんな言葉が返ってくるだろうかと想像する。

これまでの恩を忘れて、勝手に家を出るっていうのかい。いったい親の恩をなんだと思っているんだ。どうやって一人で暮らすつもりなのだい。そんな言葉をぶつけられるに決まっている。

そんな矢先に、新しい着物を作ってくれると母親はいう。上辺の親切心かもしれないが、冷たい言葉を投げかけられるよりはましだった。

「どうしたんだい。なんだか変だよ」

思い詰めた顔をあげると、お栄が怪訝そうな顔をしている。

「具合でも悪いのかい。なんだか顔色もよくないねェ」

「そんなことはありません」

「無理をして体を壊すといけないから買い物はやめにするかい」

どうしてそんないたわりの言葉をかけてくるの。いつもそうだったかしら。自分が勝手にひねくれているだけなのかしらと、お春はわからなくなる。なんだか寂寞《せきばく》とした心に、かすかな光明を見たような思いだ。しかし、それはすぐに覆《くつがえ》されるに決まっている。それが常なのだから。

「具合が悪いんだったら横になって休んでおいで」

お栄はそういうと自分の膳部を台所に運んでいった。お春は告白のきっかけをつかめないまま。無理矢理に飯を平らげた。

――米粒ひとつだって無駄にしてはいけない。

幼いときから源兵衛に諭されたことだった。だから、お春は食欲がなくてもきちんと平らげるようにしている。

空《あ》いた食器を流しに持って行くと、

「そこに置いておいてくださいな。あとはわたしがやりますから」

女中のおふくがそういう。さっぱりした性格で、よく笑う女だった。お春はおふくのことが好きだった。ただ、おしゃべりだからめったなことはいえなかった。

(やはり、おとっつぁんに先に話すべきだわ)

それが筋だと、お春は胸中でつぶやき、源兵衛のいる奥座敷に向かった。店の表で奉公人たちの元気な声がする。雨戸を開け放した縁側に、明るい日射しが降り注いでいた。庭の柿の木や紅葉《もみじ》の照り返しが障子に届き、白い障子をいっそうまぶしくさせていた。雨あがりの朝の光けいつになく強い。

「お春を……」

源兵衛の座敷に近づいたとき、低められた声が耳に届いた。

お春は自分の名が出たことで、足を止め、息を詰めた。

「文兵衛は江戸に戻っている。やつの頼りそうなところは大方手をまわしてある。もし、それに文兵衛が気づけば、最後の手段はひとつ」

お春ははっとなって、顔をこわばらせた。声は番頭の勝八である。

「しかし、お春をどうやって使うと申されるのです」

源兵衛が勝八にへりくだったものいいをしている。

(なぜ……)

「文兵衛の女房だったのだ。それに文兵衛ははっきりと、お春を捨てたわけではないだろう。使い道はある」

「そんなことを申されても……あの子は大事な一人娘です」

(大事な一人娘……)

まさか、源兵衛がそんなことをいうとは思いもしなかった。それにしても、なぜおとっつぁんは勝八に丁寧な言葉を使うのだろうか。

聞き耳を立てるお春は、自分の胸の鼓動が速くなるのを覚えた。

「……見張りをつける。お春にはなるべく外出をさせてもらいたい。文兵衛もこの店を頼ってくるほど面の皮は厚くないはずだ」

「もしものことがあったらいかがします」

「懸念には及ばぬ。お春の身はちゃんと守る」

（いったいどういうことかしら……）

「ではそのように取りはからってもらう。よいな」

　立ちあがる勝八の気配がしたので、お春は足音を殺しながら急いで引き返した。居間に戻ったが、ドキドキと胸が高鳴っている。何か差し迫ったことがあるのだ。自分はどうすればよいのだろうかと、お春はあちこちに視線を彷徨わせた。

　ここにじっとしていれば、おとっつぁんに何か命令されるはずだ。どんな命令かわからないが、お春は逃げるように土間に下りると草履を突っかけて勝手口から表に出た。

　早乙女十内の家に行こうと思っていた。頼れるのはあの人だけだという、強い思いがあった。勝手な甘い思いかもしれないが、十内は何かわかったら教えてくれるといっていた。

　さっき聞いた父親と勝八のやり取りで、いくつかのことがわかった。それに自分は何か利用されようとしている。そんなことは御免蒙《ごめんこうむ》りたい。

お春は騒ぐ心を抑えるように、足を急がせた。日本橋の大通りは人があふれていた。人目を避けるように、越前屋《えちぜんや》の手前で右に折れて材木河岸に向かう小路に入った。

「お春」

誰かに声をかけられた気がしたが、気のせいだと思った。

「待ってくれお春」

今度はたしかに自分を呼んでいるのだと気づき、立ち止まって振り返った。とたんに、お春は大きく目をみはった。

三

「元気そうだな」

男はそういって近づいてきたが、あたりを気にするように視線を動かした。

「文兵衛さん、どうして……」

「おまえにはすまねえことをした。だがよ、これには深いわけがあるんだ。こんなところで立ち話はできねえ。どこかその辺の店に入ろうじゃねえか」

文兵衛が手をつかんできたので、お春は強く振り払った。

とたん文兵衛の目が険しくなった。

「どんなわけがあったのか知りませんが、ひどすぎるではありませんか。どうしてあんなことをしたんです」

「しッ、声がでけえよ。ほら、人が見てるじゃねえか。とにかくどっかその辺で話をさせてくれ。これこのとおりだ。おれは困っているんだ。へたすりゃ殺されるかもしれねえんだ。頼む、お春。おまえを裏切るようなことをしたのは悪かった。だが、おれはそんなつもりじゃなかったんだ」

お春は必死に頭をさげる文兵衛をすっかり醒めた目で見ていたが、話を聞きたいという衝動に駆られてもいた。

「……わかりました。それじゃ話を聞くだけ、聞かせていただきます」

お春が折れると、文兵衛は救われたような顔をして先に歩きはじめた。

二人は越中橋に近い茶店に入った。葦簀《よしず》張りの粗末な店ではなく、饅頭や餅菓子を売りにしている脇店だった。

緋毛氈《ひもうせん》の敷かれた奥の土間席に、二人は並んで座り、茶を注文した。お春は文兵衛が話しだすのを待っていた。縦縞の目立たない木綿の着物に、地味な帯をしていた。無精ひげを生やし、どことなく面《おも》やつれしている。

「騙《だま》されたんだ」

茶に口をつけたあとで、文兵衛はいった。

「……………」

「おれはあの店をしっかり守っていこうと思っていた。ところが、お殿様の家来にうまい話を持ちかけられちまって……。あれが運の尽きだった」

文兵衛はため息をつき、悔しそうに唇を嚙んだ。

「お殿様って……諏訪伊勢守様のこと？」

「そうだ。諏訪家の家来によ。とんだことを頼まれちまって……。まさか、あんなことになるとは思わなかったんだ」

「よくわからないわ」

「そうだな。だが、いまここでこれをしゃべっていいのかどうか……。おまえが口の堅いのはわかっているが……。とにかくこれだけはわかってくれ」

文兵衛は体ごとお春を見た。

「おれはおまえを捨てたわけじゃない。そりゃ、うまくいかないところはあったが、それでもおまえを大事にしようと思っていたんだ。それに、おまえと離れ離れになってつくづくとおまえのことを思うようになった」

お春の耳には空々しくしか聞こえなかった。

「江戸が恋しくて、恋しくてな。仕事に戻りたいと何度思ったことか。それに、遠くに逃げて身の細る思いをしていると、おまえのことがなつかしくてたまらなかった。もし、生きのびることができたら、一からやりなおして、きっとおまえを幸せにしてやりたいと思った。いまもその気持ちは変わらないんだ。だが、あんなことになっちまって、もうおまえはおれの手の届かないところにいるかもしれないと、あきらめもした」

「うちの店のお金を盗んでおきながら、よくもそんなことがいえますね」

「店の金……」

文兵衛は驚いたような顔をした。

「そうでしょう。おとっつぁんが苦労して稼いで貯めたお金を、盗んで逃げたんじゃありませんか。嫁の実家のお金を盗むなんて、ひどすぎます」

「ちょ、ちょっと待ってくれ。おれはそんなことはしてねえ。神かけて伊豆屋の金に手なんかつけちゃいない。それになぜ、おれが世話になった伊豆屋の金を盗まなきゃならねえ。天地がひっくり返ったって、おれはやっていない」

お春はじっと文兵衛を見つめた。文兵衛もまっすぐ見返してくる。

「それはほんとうのことですか？」

「あたりまえだ。どうしておれがおまえの実家の金を盗む。おれはそんな悪党じゃねえ」

「それじゃおとっつぁんが嘘をいってるってこと？　おとっつぁんは、文兵衛さんがうちの金蔵を破って逃げたといっているんですよ」

「まさか……。おれはやっていない。出鱈目《でたらめ》だ」

「でも、なぜおとっつぁんがそんな嘘をいわなければならないんです」

文兵衛は黙り込んで、しばらく考える目をした。それから、やはりいまはだめだと首を振った。

「信じてくれお春。おれはおまえの家の金なんか盗んじゃいない。だが、他のところから金を盗んだ。いや、それはうまくいいくるめられて、いつの間にか仲間にされただけなんだ。だから、おれは逃げるしかなかった」

「……誰と逃げたんです？　どこへ盗みに入ったというのです？」

つとめて声を抑えていたが、お春は一度店の者を振り返った。台所のそばに二人の女中がいたが、おしゃべりに夢中になっていて、くすくすと笑っていた。

「どこへ盗みに入ったか、いまはいえない。だが、いずれわかるときがくる。おれは伊佐山升蔵という男と、荒井清次郎という男にまんまとはめられたんだ。いえるのはここまでだ。それに、おれたちは追われている。おれたちの盗みが知れてしまったんだ。いや、おれがじかに盗んだんじゃないが、とにかくおれはあの二人の仲間に仕立てられちまった。伊佐山って男は、ひょっとしたら殺されちまったかもしれないが……」

追われている、殺されたという言葉が、お春の胸の鼓動を激しくした。文兵衛のいっていることが、ほんとうなのかどうなのかわからない。

「わかりました。それじゃ話せることだけ話してください。文兵衛さんはいまおっしゃった二人にはめられたのですね」

「そういうことだ」

文兵衛は一度乾いた唇を、舌先で舐めてから口を開いた。

「どうやって？」

「おれは知ってのとおり飾り職人だ。簪《かんざし》や笄《こうがい》だけでなく金物の小細工が得意だ。そして、あの二人の仲間に仕立てられた。つまり、おれはある屋敷の金蔵の鍵を造らされたんだ。その金蔵の鍵だって造れる。まさかと思ったが、悪党の知恵には驚かされる。おれは誰にもしゃべらない、このことは黙っているといったが、それは信用できない、裏切ったら殺すと脅されて……」

文兵衛は「はあ」と短くため息をつき、膝に置いた両手をにぎりしめ、唇を嚙んだ。

「いや、もっと正直にいうよ。たしかに脅されたこともあったが、おれは金に釣られもした。なにせ大金だ。おれは目の前に積まれた五百両という大金に目がくらんだんだ。すまねえ、おれは浅ましい男だ。金に目がくらんじまって、結局のところおまえに何もいわずに逃げるしかなかった。もちろんあの二人と逃げなきゃ、殺されるという恐怖もあったが、こうなったらあの二人と一蓮托生《いちれんたくしょう》だと思いもした。だが、あとの祭りだ。いまさら後悔してもはじまらないことだが、おれが弱かったんだ。考えてみりゃ、逃げることはなかったし、あの二人から逃げることもできた。だけど、それができなかった」

話しつづける文兵衛を見ているうちに、お春は自分の心が揺らいでいるのを自覚した。この人のいっていることは、ほんとうではないかと思うようになっていた。それに、こんなに話す文兵衛に接したのは初めてである。いっしょの屋根の下で暮らしているころは、口数の少ない人だった。

「……こんなに話してくださったのは、初めてですね」

お春は思ったことを口にして、文兵衛を見た。文兵衛はかたい顔をしていたが、お春は口許にやわらかな笑みを浮かべもした。

「ひとつ教えてください」

「なんだ？」

「どうしてわたしのところに戻ってきたのです？」

「それは難しいことだが、無事に生きていられれば、いずれおまえには謝りたいと思っていた。だが、いまは追われる身で逃げ場をなくしちまって、それでつい伊豆屋の近くまで行ったら、おまえが出てきたんだ。それであとを尾けて声をかけた」

「あなたを追っているのはどんな人なのです?」

文兵衛は苦しそうな顔をして首を振った。

「おまえを信じないわけではないが、それはいまはいえないことだ。もし、しゃべっちまったら、伊豆屋にも迷惑がかかるかもしれねえ。このことはよくよく考えてのことだ。だが、もしものことがあったら……」

文兵衛は唇を嚙んでいい澱《よど》んだが、すぐに顔をあげて、

「赤坂に陸亭という女郎屋がある。そこに小雪という女がいる。そいつはあらかたのことを知っている。おれの身に何かあったら、その小雪に会ってくれ」

と、いった。

「お女郎ですか?」

「そうだ。これもおまえに詫《わ》びなきゃならねえが、ときどき遊ばせてもらった女だ。こんなことは昔はいえなかったが、もう隠してる場合じゃねえし……。ほんとにおまえには悪かった」

頭を下げる文兵衛の目に涙が浮かんでいた。お春はその涙にほだされたわけでは

ないが、初めて文兵衛という人間がわかった気がした。この人は正直なことをいっている。心から悪い人ではない。そして、苦しんで困っている。

「これからどうするのです？」

「それだ。それを話したかったんだ。おまえはもう誰かの後添いになってるのかい？」

文兵衛は心配そうな目をして、お春を見た。

「いいえ、まだ独り身です」

「それじゃ実家に住んでいるのか？」

「そうです」

近いうちに家を出るつもりだとはいわなかった。文兵衛は「そうか」といって、肩を落とした。行くところがなくてなと、言葉も足す。

「ずっと逃げつづけるのですか？」

「いまはそうするしかない。江戸を離れたくても、あちこちに手配がまわっているから、宿場を抜けることはできねえ。かといってこのままじゃ……」

「追っている人に捕まったらどうなるのです？」

「おそらく殺されるだろうな。運がよければ生かしてもらえるかもしれないが、それは考えないことにする。とにかくほとぼりが冷めるまで、隠れているしかないんだ」

お春は店の表に目を向けた。暖簾の向こうにある柳に明るい日の光があたり、葉裏の薄緑を鮮やかに見せていた。

「わたしに何度か会えば、すべてを話してくれますか？」

お春はじっと文兵衛を見つめた。

「……多分、話せると思う」

文兵衛は少し考えてから答えた。

「では、わたしはあなたのことを信じることにします」

そんなことをいった自分にお春は驚いたが、言葉を継いだ。

「あなたの力になります。どうしたらいいの？」

「金はあるか？　当面の金がないんだ」

お春は懐に入っていた財布を取りだして、文兵衛に渡した。

「たくさんは入っていませんけど、持って行ってください。それからわたしは、そうですね。この店に毎日来るようにします。夕七つ（午後四時）ころに……」

文兵衛はじっとお春を見た。それから頭を垂れて、

「すまねえ、ありがとう。恩に着る……」

と、涙まじりにいった。

お春はそれからすぐに店の前で文兵衛と別れた。そして、文兵衛の後ろ姿を見送りながら、ひょっとしたらもう会えないかもしれないという一抹《いちまつ》の淋《さび》しさを覚えた。なぜ、そんな気持ちになったのか、お春は自分でもよくわからなかったが、文兵衛を憎いと思っていない自分に気づいていた。

四

十内は昨夜、由梨とお夕に料理を振る舞ったのはいいが、調子に乗りすぎてちと飲みすぎてしまい、普段より起きるのが遅かった。うずく頭を抱えて井戸端で洗面をすると、どうにか宿酔《ふつかよ》いはなおったようだ。

（それにしても……）

と、十内は隣の長屋を眺める。あの二人のおきゃんが住んでいる長屋である。明るくて屈託のない二人といっしょにいると、日頃の鬱憤《うっぷん》や悩みをいつしか忘れてしまう。あれほど底抜けに明るい女たちもめずらしいと思いつつ、いったいどんな育ち方をしてきたのだろうかと不思議に思う。

（謎《なぞ》だ……）

と、胸中でつぶやきながら家に戻る。それにしても、由梨もお夕も女盛りで、男好きがする。体つきは申し分ない。

（さぞや……）

邪《よこしま》なことを考えた十内は、いかんいかんと頭を振って着替えにかかった。今日は信濃高島藩に探りを入れるつもりだった。どうにも引っかかりを覚えるのだ。

いつもの着物を着流し、帯を締め、羽織を手にしたとき、

「ごめんください」

と、やけにやわらかい声が戸口のほうから聞こえてきた。おきゃんでないのはすぐにわかる。座敷に移ると、戸口にお春が立っていた。

「これはお春。よくここがわかったな」

「少し道に迷いましたが、人に聞いてようやく辿りつきました」

「何かあったか。まあ、遠慮はいらないからあがれあがれ」

十内はお春を座敷にいざなって向かい合って座った。

「お伝えしたいことがいくつかあります」

お春は早速切りだした。障子越しのあわい光がその頰を染めていた。

「聞こうではないか、その前に茶でも淹れようか」

「いいえ、どうぞおかまいなく」

お春は腰を浮かしかけた十内を遮ってつづけた。

「今朝、おとっつぁんと番頭の話を、そのつもりではなかったのですが聞いてしまったのです」

「ふむ」

十内は煙管を手に取り、ずぼらにも雁首を使って煙草盆を引きよせた。

「番頭の勝八は、店先とはちがい、なぜかおとっつぁんにえらそうな口を利くのです。それも侍言葉です」

十内は刻みを詰める手を止めて、眉宇をひそめた。

「それに、おとっつぁんは勝八にへりくだったものいいをしていました。なぜ、そうなのかよくわからないのですが、わたしを何か利用しようとしています」

「そなたを……誰がだ。勝八か、それとも源兵衛か？」

「勝八のほうです。おとっつぁんは気乗りしない口ぶりでしたが、しかたなく折れていました。それで、わたしは怖くなってそのまま家を出たのですが、そこで文兵衛さんと会ったのです」

「なに……」

十内は手にしていた煙管を、ぽいとその辺に放った。

「あの人は困っていました。それに店からお金など盗んでいないといいました」

「それはたしかか？」

「はい、それじゃわたしのおとっつぁんが嘘をいっていることになると申しましても、文兵衛さんは神かけても店のお金には手をつけていないといいます。また、誰かに追われていて、殺されるかもしれないと……」

「ちょっと待った。もう少し、詳しく話してくれないか」

十内は一膝二膝詰めた。

「それじゃ文兵衛さんがいったことをそのままお話しします」

「うん」

うなずく十内にお春は、文兵衛とやり取りした一部始終をつまびらかにした。

十内はいつになく真剣な顔で聞き入り、自分なりに文兵衛のいったことを咀嚼《そしゃく》していた。

障子越しに射し込むあわい日の光が、弱くなったり強くなったりを繰り返した。そのたびに、お春の頬が明るくなったり翳ったりした。

「しかし、ついに文兵衛はどこから金を盗んだかはいわなかった。そうなのだな」

「はい、いまはとても都合が悪いようです。なぜかわかりませんが……」

「しかしなあ、文兵衛がいった小雪という女郎のことだが、あの女はもう殺されてこの世にはいないのだ」

「えっ……」

お春は猫のような目を、これ以上大きくならないぐらいにみはった。

「おれも小雪に会いに行ったのだ。だが、そういうことだった。下手人のこともわからずじまいだ」

「それじゃ文兵衛さんはそのことを知らないということですか……」

「そうなるだろう。だが、これはいよいよ何かあるな。おそらく文兵衛を追っているのは町方ではないだろう」

十内はそういいながら、孫助から聞いたことと、たったいまお春から聞いた勝八のことを重ね合わせた。勝八は番頭を装っているだけで、じつは諏訪家の家臣なのだ。おそらくそうであろうが、なぜ伊豆屋の番頭に化けているのか、それがわからない。

「文兵衛はこれまでどこにいたのだ？」

「それは聞いておりません」

「それじゃ、どこへ行ったかもわからないということか……」

十内のつぶやきに、お春は目をしばたたいた。

「そなたは越中橋そばの茶店に毎日行くといったのだな」

「はい、何度か会えば、あの人もほんとうのことを話してくれそうなので……」

「それはよいことだった。しかし、勝八のいったことが気になる。どんな企《たくら》みを持っているのか知らないが、そなたを利用しようとしているとは……。いけ好かぬことだ」

十内は片膝に、片肘を置いて掌で顎を支え、宙に視線を彷徨わせる。

「お春、そなたは家に帰るな」

「えっ」

「ずっとではない。今夜は様子を見るためにここにいるのだ」

「早乙女様は？」

「夜には帰ってくる。それまで留守を頼むが、隣に二人の女がいる。あやつらもここに呼んでやるから、暇をつぶしていてくれ」

十内はそういうと、さっと羽織を肩にかけ、両刀を手にした。

五

「荒井、そろそろ白状したらどうだ」

左右衛門は荒井清次郎の顎を持ちあげてにらんだ。荒井は息をあえがせ、焦点の合わない目をしている。

「金をどこに隠した？」

　荒井はペッと、左右衛門につばを吐きかけた。

　左右衛門は頰についたつばを、手拭いでゆっくりぬぐった。その目に残忍な色が刷かれた。

「教えてくれれば、命は助けてやる」

「ふん、その気もねえくせに……この汚れ〝犬〟が」

　左右衛門はギラッと目を光らせると、いきなり荒井の頰を張った。バシッという音が屋内に響いた。犬とは横目付を揶揄する隠語だった。荒井を取り囲んでいる男たちが互いの顔を見合わせる。

　頰を張られた荒井は横に倒れ、土間に顔をつけた。上半身裸で、後ろ手に縛られている。胸や背中には無数のみみず腫れが走っていた。

「起こせ」

　左右衛門が命ずると、千太郎が荒井を引き起こして正座させた。千太郎の手には太い竹刀が持たれている。

「荒井、おまえがいわなくとも、いずれ文兵衛を探せばすむことだ。やつの口を割らせればいいということがわからないのか」

　荒井の頰に、へらっと皮肉な笑みが浮かんだ。左右衛門は両眉を眉間に寄せた。

「あいつは知らねえよ。知っているのはおれだけだ。おれを殺せば、金を手にすることはできねえ。殺したけりゃ殺せばいい」

　左右衛門は奥歯を嚙んだ。こんなに強情《ごうじょう》だったとは思わなかった。たかが馬方の雑魚だと思っていたが、思いの外しぶとい。だが、なんとかして懐柔しなければ、これまでのことが水の泡になる。

（恐怖を植えつけるか……）

　そう思った左右衛門はゆっくり立ちあがると、やれと、千太郎に顎をしゃくった。

　直後、千太郎の手にした竹刀がうなりをあげ、荒井の背中にたたきつけられた。

荒井は歯を食いしばり、痛みに耐える。

　竹刀を使っての拷問は、つづけざまに行われる。竹刀が肉をたたく音が間断なく屋内にひびく。悲鳴をあげられても、人に聞かれる恐れはなかった。大根畑は町屋ではあるが、左右衛門が使っている隠れ家は町の外れだった。周囲は雑木林に囲まれていて、最も近い人家まで一町はあった。

拷問を受ける荒井の背中はまっ赤になっている。皮膚が切れ、血がにじみ、青いみみず腫れもそのうち裂けて、背中一面が血に染まっていった。

拷問をする千太郎の息もあがっている。荒井が倒れれば、他の仲間が引き起こしてまた拷問をつづける。しかし、それも長くはつづかなかった。荒井は気を失い倒れてしまった。

じっと、その様子を見ていた左右衛門は、

「水をかけろ」

と指図した。

与三郎が水桶《みずおけ》の水を荒井の頭に浴びせた。それでも荒井は気を失ったままだった。

(少し休むか。こいつを殺せば得はない)

左右衛門は長煙管をくわえたまま、気を失っている荒井を蔑む目で見ると、座敷にあがった。

「しばらく放っておくんだ。やつが正気になるまで別のことを考える」

「お頭、文兵衛の野郎はどうします?」

与三郎がそばにやってきた。

「探さなきゃならないが、はてどこにいるか……」

左右衛門は目玉だけを動かして、うす暗い家のなかを見た。隠れ家は戸締まりがしてあった。雨戸の隙間から細い光の条《すじ》が畳にのびていた。

「やつは江戸から出ることはできない。江戸四宿には手配がまわっている。抜け道を使ったとしても、その先の宿場にも手が打ってある。当然、そのことを文兵衛は知っているはずだ。つまり、やつは江戸から出ることはできない」

「海という手もありますよ。それに川だってあるんです」

「無理だ」

左右衛門は与三郎の懸念を一蹴《いっしゅう》した。

「船番所にも船着場にも手はまわっている。もっともうまく監視の日をかいくぐるかもしれないが、それには危険が伴う。文兵衛にその度胸があるだろうか……。ないはずだ。やつは一介の職人だ」

「そうかもしれませんが……」

与三郎は職人でも侮《あなど》れないという顔をした。むろん、左右衛門も同じことを考えていた。しかし、ここは賭《か》けるしかなかった。

「荒井は金の隠し場所を文兵衛は知らないといいますが、はったりでは？」

「それはどうかな。……文兵衛には教えていないのかもしれない」

「だったら文兵衛を探しても無駄になるんじゃ」

「いまは何ともいえぬ。だが、文兵衛が頼るところは大方わかっている。とりあえず、荒井を責めるだけ責めてから、そのことは考える。荒井の強情もそう長くはつづくまい」

元徒目付だった左右衛門は人をどうやって責めれば、口を割らせることができるか、その術《すべ》を熟知していた。

そんな左右衛門は、荒井を痛めつけるだけではだめかもしれないと思いはじめていた。

六

江戸見物のお上りや行商人、あるいは侍や棒手振《ぼてふり》の行き交う日本橋をわたった十内は、周囲の喧噪《けんそう》など気にもかけず歩きつづけていた。

考えていることがいくつかあった。まずは文兵衛を探しだすことだが、その前に伊豆屋の番頭に化けている勝八の正体を暴くこと、そして伊豆屋源兵衛が何を企んでいるかを知ることである。そのためにはどうしたらよいかと考える。

むろん、お春と会った文兵衛がどんなことを話したか、源兵衛に暴露する手もあるが、それではあまりにも直截すぎるだろうし、相手は狸《たぬき》のような商売人であるから、うまく誤魔化すにちがいない。屈服させるには、いいわけのできない証拠がいるだろう。

さらに文兵衛を唆したという伊佐山升蔵と、荒井清次郎がどこにいるか？　文兵衛は盗んだ金を持っていない。そして、その盗み金は伊豆屋のものではないのだ。それではいったい文兵衛たちはどこから金を盗んだのか？

十内が斬った山根長次という男は、千八百両と口にした。伊豆屋が口にしたのとは桁違《けたちが》いの大金である。

歩きながらこれまでのことを、ひとつひとつつなぎ合わせている十内の頭に浮かぶのは、信濃高島藩のことである。文兵衛も伊豆屋も高島藩上屋敷に出入りしていた。さらに、勝八も高島藩の家臣の疑いが濃い。

（金は高島藩上屋敷から盗まれたのではないか……）

十内は一度立ち止まって、遠くに視線を投げた。背が高いから、人の頭越しに京橋の向こうに浮かぶ雲が見える。視界を切り裂くように飛んでいく燕の姿があった。

文兵衛は何者かに追われている。そして身の危険を感じている。だが、そう遠くにはいかないはずだ。お春にまた会うようなことを口にしているのである。つまり、それは伊豆屋からほど遠くないところにいるということになる。

すると、文兵衛が頼りにするのは……。十内の脳裏に浮かんだのは、十軒店に住んでいる飾り職人の甚五郎、そして土橋の太吉という与太者である。

甚五郎の家を訪ねてみようかと思ったが、それはもうずっと後ろのほうだ。引き返すのは面倒なので、先に太吉の家を探ってみようと思い、そのまま足を進める。

京橋をわたってすぐ、また迷った。伊豆屋の様子を見て行くか。もし、勝八を見かけたらカマをかけてもいい。

十内は弓町に向かった。深編笠の陰から伊豆屋に目を光らせる。表通りはいつもと変わらない。ゴロゴロと大八車が音を立てて引かれてゆき、使いに出たらしい丁稚がパタパタと草履の音を立てながら駆けてゆく。

町の角に立ちおしゃべりをしている町屋のおかみに、呼び込みをする菓子屋の娘。店先の幟《のぼり》が風にはためき、暖簾が揺れている。

十内は仏具屋の横にある天水桶の陰から伊豆屋を見張ったが、勝八の姿を見ることはできなかった。小半刻ほど粘ってから、伊豆屋の前をゆっくり通りすぎた。その際、帳場に座っている源兵衛の姿が見えた。勝八はいなかった。

（あとでいいか……）

心中でつぶやいた十内は、土橋に足を向けた。お堀に沿う河岸道に出て、そのまま歩く。お堀の水は日の光を受けてきらきら輝いている。ぽちゃっと、音をさせて魚がはねた。お堀の向こうにはお城を囲む、諸国の大名屋敷が広がっている。そして、南町奉行所もある。

声をかけられたのは、数寄屋橋前の火除地《ひよけち》を過ぎてすぐのことだった。

「よお、早乙女ちゃん」

馴れ馴れしく近づいてくるのは、服部洋之助だった。肩を十手でたたきながら、

「おめえさんは遠くからでもよく目立つ。編笠を被っちゃいるが、この帯がよチラ

チラと目にはいっちまうんだ」

そういって、洋之助は十内の深紅の帯を指先でツンツンとつつく。その後ろに猪首の上に機嫌の悪そうな面をのせている松五郎がいた。

「見廻りか」

十内は対等の口を利く。「このォ」と、松五郎が牙《きば》を剝《む》きそうな顔をしたが、洋之助は「まあまあ」と松五郎をなだめて、

「こんなところで何をしている？」

と聞いてきた。

「用事があるんだ」

「どこにどんな用事があるってんだい。教えてくれないか」

「教えたら大貫屋の謝礼を返してくれるか」

「これは厳しいことをいいやがる」

洋之助は人さし指で鼻の脇をこすって、

「例の下手人がとんと見つからなくて往生しているんだ。木挽町の空き店で殺されていた男のことだ。なにか気づいたことはないか」

と、十内をしげしげと眺める。

「気づくことは何もない」

十内はそういってから、ふと思うことがあり、

「殺されていた男の人相書きがあったな。似面絵があればなおいいが、それを貸してくれないか」

と要求した。

「おお、助をしてくれるっていうか。さすがよろず相談所の旦那だ。おし、そういうことならこうやって、惜しげもなくおまえさんにくれてやる」

洋之助は懐から出した似面絵を、指につばつけて一枚引き抜いて十内に渡した。

洋之助は似面絵と人相書きの束を持ち歩いているようだ。

「早乙女ちゃん、助太刀は大歓迎だ。なにせ庶民をおびやかす悪党は放っておけねえからな。おまえさんもその力になってくれればありがたい。では、頼んだぞ。何かわかったら、御番所でもいいし、その辺の番屋に飛び込んでおれに知らせるように手配をしてくれ。いやあ、会えてよかったよかった」

ウハハハと、笑いながら洋之助はそのまま去っていた。

「……まったく調子のいい町方だ」

十内は洋之助の背中につぶやきをぶつけてから、土橋の太吉の長屋を訪ねた。だが、戸は閉まったままで、声をかけても返事もない。留守のようだ。まわりを見まわして、先日の木戸番に行くと、

「これは旦那」

と、愛想のいい顔を向けてくる。

「太吉だが、どこにいるかわからないか?」

「さあ、どこでしょう。あの人には関わらないようにしてますから、どこで何をしているのか、長屋の連中も知りませんよ」

「いつ家を出たかわかるか?」

番太郎は視線を上に向けて、指を折った。

「三日前だったと思います。夕方帰ってきたと思ったら、ぽいと出て行きましたから」

十内は念のために文兵衛の人相を口頭で話したが、

「あの人を訪ねてくるような人はめったにいませんよ」

つまり、文兵衛はここには来ていないということだ。

「ついでのついでだが、この顔に覚えはないか？」

十内はさっき洋之助からもらったばかりの似面絵を見せた。番太郎はためつすがめつ見ていたが、わからないと首をかしげた。

七

十内は再び来た道を引き返した。今度は甚五郎の家を訪ねるのだが、もう一度伊豆屋を見ていこうと思った。

その考えはまちがっていなかった。伊豆屋の前に来たとき、勝八が手代に送りだされて表に姿を現したのだ。十内に背を向けて、そのまま表通りに向かった。十内はあとを尾けた。なるほど、商人のなりをしているが、足の運びは武士のそれだった。いままで気づかなかった自分を十内はなじったが、たいしたことではない。

それにしてもおかしなことだ。伊豆屋源兵衛といったいどんなことを企《くわだ》てているというのだ。それが文兵衛に関することだというのは、はっきりしているのだが……。

勝八は大通りを突っ切り、そのまま紀伊国橋《きのくにばし》をわたり木挽町の河岸道に進んだ。十内はどこで声をかけるか、尾行しながら考える。人目のあるところは避けたほうがいいはずだ。相手は商人をよそおった侍である。

木挽町一丁目を過ぎる。ここまで来れば、勝八の行き先は大方見当がつく。信濃高島藩上屋敷にちがいない。

十内は足を速めた。勝八との距離が詰まる。人目は途切れないが、三十間堀に沿っている河岸場に連れ込むことにした。さらに距離を詰めたところで声をかけた。

「これは番頭ではないか」

十内の声に、勝八はビクッと肩を動かして立ち止まった。そのまま不遜な面構えを向けてくる。

「これは早乙女様……」

勝八はそういって、小腰を折るが、やはり商人のものではない。

「ちょいと話がある。なあにすぐすむことだ」

十内はそういって、荷揚場になっている河岸場の外れに行って立ち止まった。そばに大きな柳の木があり、三十間堀の照り返しを受けながら風にそよいでいた。

「何か文兵衛についてわかったことでもございましたか？」

勝八が聞いてくる。商人のように腹に両手を重ね、へりくだったものいいをするが、下手な芝居だ。

十内は口辺に笑みを湛《たた》えて、勝八を探るように見る。勝八の顔がこわばってゆく。

「これはおれの勘だが、おまえさん、元は侍だったのではないか」

最初のカマかけだった。休まずにたたみかける。

「いや、ひょっとするといまもそうかもしれねえな……」

「なんのことかと思えば、そういうことでしたか。さすがに早乙女様の目は誤魔化せないようですね。たしかにわたしは元は武士でございました」

「ほう、するといまはそうではないというか」

勝八の目に警戒の色が浮かんだ。

「どこの家来だった？　幕臣であったのか？　いやいや、そうではなかろう」

十内は勝八に近づく。その顔は三十間堀の照り返しを受けていた。

「いったい何をおっしゃりたいので……」

「おれは文兵衛を探すためにいろいろと調べたことがある。その調べのなかで引っかかることがあってな」

「さて、なんでございましょう」

勝八は小首をかしげる。

「おぬし、ひょっとすると諏訪家の家臣だったのではないか？　それも、伊豆屋に便宜を図った北条時右衛門という納戸役の下役だったのでは……」

十内はおまえさんから、おぬしに呼び方を変えた。勝八は表情をなくしていたが、誤魔化そうと片頬に笑みを浮かべた。

「なぜそのようなことをお訊ねになります。早乙女様は伊豆屋の金を盗んで逃げた文兵衛を探すのがお仕事ではありませんか」

「伊豆屋は金を盗まれておらぬ」

勝八の顔が、はっとなった。

「文兵衛が盗んだのは、諏訪家の金だったのではないか。それも千八百両ばかり……」

勝八は能面顔になった。

（やはりそうなのだ）

と、十内は確信した。

だが、ここで勝八を問い詰めるつもりはない。どういったところで、うまく取り繕うはずだ。最後には何の証拠があってそんなことをと、決まり文句を吐くにちがいない。案の定だった。勝八は能面顔にゆっくりと余裕の笑みを浮かべてきた。

「いったいどういうところから、そんなことを推量されるのです。わたしはただ、びっくりするだけでございます。諏訪家にそんなことがあれば、一大事ではございませんか」

「それではその事実はなかったと申すか……」

「さあ、わたしにはわからないことです」

「あくまでも伊豆屋の金が盗まれた。そういい張るわけだ」

十内は片頬に皮肉な笑みを浮かべ、醒め切った目で勝八を見つめた。

「だが、まあいい。おれは文兵衛を探せばすむことだ。そうだな」

勝八の肩から力が抜けるのがわかった。

「さようです。旦那さまのご相談はそういうことなのですから……」

「まったくそのとおりだ。それからもうひとつ聞くことがある。おぬし、秋吉又兵衛という男を知らぬか」

十内は勝八から目をそらさずに聞いた。今度は表情が読めなかった。

「秋吉……いえ、存じませんね。いったいその人は？」

「赤坂の坂道で、おれに闇討ちをかけてきた男だ。ひょっとしたらおぬしの知り合いではないかと思ったのだ」

「さあ、わたしにはそんな知り合いはおりません」

「……そうか。それでどこへ行くのだ？」

「伊勢守様のお屋敷です。今日は集金にあがることになっておりますので……」

「それはご苦労だな。集金ができないと、おれの謝礼も出ないだろうからきっちりもらってくるんだ」

「あ、はい」

勝八は軽く頭を下げたが、その一瞬、十内を上目遣いで見た。

（こいつ、あくまでも芝居をつづけやがって……）

腹のなかで毒づく十内だが、そのまま背を向けて歩き去った。背中に勝八の視線を感じたが、そのまま歩く。

おそらくいまのやり取りはすぐに源兵衛の耳に入るはずだ。その結果がどうなるかは、これからの楽しみである。相手の出方次第で、源兵衛と勝八の企みを暴くことができる。

勝八と別れた十内は、甚五郎の住まう十軒店に向かった。

さっきまで晴れていた空に、黒い雲がかかってきた。明らかに雨雲である。これは一雨来そうだと思う十内は足を急がせた。

甚五郎の家は戸締まりがしてあった。だが、腰高障子の前に立った十内は、家のなかの気配を感じ取ろうと、五感を研ぎすました。留守ではない。

「ごめん」

声をかけて、戸に手をかけたがビクともしなかった。

「甚五郎、先日訪ねてきた早乙女十内だ。開けてくれるか」

返事はなかった。

「甚五郎、いるのはわかっている」

それでも相手は無言だった。もしや、先に乗り込んだ者がいるのかもしれないと、いやな胸騒ぎを覚えた十内は、めいっぱいの馬鹿力を出して強引に戸を引き開けた。
と、家のなかにいた二人の男が、棒を呑んだような顔をしていた。

第六章　雨月

一

一人は甚五郎だった。そして、もう一人は源兵衛から聞いた文兵衛の人相に似ていた。

「文兵衛か……」

十内は身をすくませている男に声をかけた。とたん、腰をあげて逃げようとしたので、十内は土間奥に走り、裏口の前に立った。

男は顔をこわばらせたまま地蔵のように固まった。

「文兵衛だな」

男は答えなかったが、代わりに「そうです」と甚五郎がいった。

「お春から話は聞いた。ついてはおまえからも話を聞きたい」

文兵衛の目が驚いたように見開かれた。

「おまえは伊佐山升蔵と荒井清次郎という男に唆されたそうだな。自分の気持ちで盗みをはたらくつもりはなかった。だが、いつしか二人の仲間にされていた。そういうことだな」

文兵衛は眉を動かして、さらに驚き顔になってから、ガクッと両膝を畳に落とした。

「あっしは嵌《は》められちまったんです」

文兵衛はうなだれてつぶやくようにいった。

十内は甚五郎を見て、邪魔をするぞといって居間にあがった。そこは甚五郎の仕事場を兼ねているので、商売道具の鑢《やすり》ややっとこ、鑿《のみ》などといっしょに、簪や刀の鍔《つば》、あるいは引き手の金具などが散らばっていた。

腰を据えた十内は、しばらく文兵衛を眺めた。福耳で丸顔で人のよさそうな顔をしているが、逃げるのに苦労しているのか、頬にも顎にも無精ひげが生えていた。

「おれは伊豆屋におまえを探すように頼まれた、早乙女十内という。だが、おまえを探すためにあれこれ調べているうちに、おかしな事がつぎつぎと起こった」

文兵衛は顔をあげて目をしばたたいた。

「一度はおまえがやっていた店に行って、何者かに殴られた。さらに、二人の男に闇討ちをかけられ、一人を返り討ちにした。闇討ちにあったのはそれだけではなかった。おまえが贔屓にしていた小雪という女に会いに行った帰りにも闇討ちをかけられた。こっちは、秋吉又兵衛という男だ。おまえが知っている男か？」

文兵衛は知らないと、首を振った。

「おれが返り討ちにしたのは山根長次といった。こっちはどうだ？」

「……わかりません」

「先にいっておくが、おれはおまえを捕まえるつもりはない。いまのところはな」

「………」

文兵衛は目をしばたたいた。

「おまえをこのまま伊豆屋に引き渡せば、おれの仕事はそれで終わりだ。だが、そうはできない。おまえを探すために命を狙われたということもあるが、伊豆屋の企みを知りたいのだ。伊豆屋には勝八という番頭がいるが、おそらくやつは高島藩諏訪家の家臣だ。なぜ、そんな面倒な芝居を打っているのかそれも知りたいところだ。

だが、まず訊ねるが、おれが斬った山根長次という男は、おまえを知っていた。そして、その男はおまえが千八百両を盗んだようなことを口にした。それはいったいどういうことだ？　おまえは今朝お春に会ったとき、伊豆屋の金は盗んでいないといったそうだな。真実を話せ。金はどこから盗んだ」

文兵衛は一度甚五郎を振り返った。

「文兵衛、もう逃げられはしねえんだ。観念してしゃべっちまえ。早乙女様はきっと悪いようにされないはずだ」

甚五郎にそういわれた文兵衛は、一度大きく息を吐いてから、

「諏訪家上屋敷の金蔵を破ったのです」

と、いった。

(やはりそうだったか)

「仲間は伊佐山升蔵と荒井清次郎。そうだな」

はいと、文兵衛はうなずく。

「他に仲間は？」

「その二人だけです」

「つまり三人で伊勢守上屋敷の金蔵を襲ったというわけか。おまえは唆されたといったが、それはどういうことだ。罪を免《まぬが》れようと思い、都合のいい話はするな。それはおまえにとってのちのち不利になる。正直に話せ」

文兵衛は一度、ゴクッとつばを呑み込んでから、重そうに口を開いた。

「伊佐山さんは伊勢守様の足軽でした。荒井さんは馬方です。わたしは伊豆屋の旦那の口利きがあって、伊勢守様のお屋敷への出入りを許されました。その折に、二人と知り合い、よく話をするようになりました。あるとき、こういうものを造ってくれと、粘土でかためた鋳型を渡されました。それは鍵だとわかりました。何の鍵かと訊ねれば、失ってしまった大事なものなので、そのことが知れると首が飛ぶかもしれない、なんとかしてくれないか。その礼はきちんとするといわれもしました。二人は心底困っているようでしたから、それならと引き受けたんです。ですが、わたしは飾り職人で、鋳型から鍵を造ることはできません。そこで鍛冶《かじ》屋に持っていって造ってもらい、それを渡したのです」

文兵衛は出来上がった鍵を荒井清次郎に渡した。

――文兵衛、ついてはおまえに頼みがある。

そういわれたのは数日後のことだった。どんな頼みかと聞けば、三十間堀に借り舟を浮かべておいてくれといわれた。

——屋敷から運びたいものがあるんだ。その手伝いをしてくれ。おれたちのような下《した》っ端《ぱ》には、力を貸してくれる者がいなくて往生しているのだ。

伊佐山升蔵はそういって、おまえが頼りだと拝むように手を合わせた。

「わたしはお屋敷に出入りを許された、たかが町屋の職人です。それなのに二人はわたしに頭を下げて頼み込みました。よほど困っているのだなと思ったわたしは、いわれたとおりに船宿で借りた舟を、三原橋のたもとにつけました」

それは夜四つ（午後十時）をまわった時刻だった。

文兵衛はなぜこんな遅くに、こんな仕事をしなければならないのかと疑問に思ったことを口にした。

——お家にはそれぞれ事情ってものがある。あまり表沙汰にされては困ることなので、おまえにもいえないのだ。助をしてくれているのに悪いが、それはおまえにもいえぬことなのだ。

荒井清次郎がそういえば、伊佐山升蔵も言葉を添え足した。

——おれたちみたいな下っ端だと、別にあやしまれることもない。これを仰々しくやったら目立ってしまう。人の裏をかいてのないしょの役目なのだ。

なるほど、そんなこともあろうかと文兵衛は納得した。

「それでわたしが、借りた舟で待っておりますと、二人が肩に重そうな箱をかついでやってきました」

二人は箱を舟に積み込むと、舟を大川に向けろといったが、文兵衛は舟をうまく操れない。そこで荒井と伊佐山が交代で舟を漕いだ。

舟は三十間堀川から楓川、日本橋川と辿り、大川に出ると遡上《そじょう》していった。

「星明かりはありましたが、暗い夜でした。それなのに舟提灯もつけずに、二人は舟を川の上へ上へと漕いでいきます。わたしはてっきり大川端元矢之倉の屋敷に向かうのだと思っていました。そこに諏訪家の借屋敷があるのを知っておりましたから。ですが、二人はその屋敷には見向きもせずに、大川を上りつづけます。それでどこへ行くのだと訊ねると……」

——文兵衛、おまえは心得次第で金持ちになれる。おれたちはこれから江戸を離れて、しばらく静かに暮らすんだ。

荒井は汗をぬぐいながら嬉しそうな顔でいった。

――どういうことです？

――ここに積んであるのは金箱だ。少なく見積もっても千五百両は入っている。

――それじゃ……。

文兵衛があまりのことに驚き絶句すると、さも満足げな顔で荒井がつづけた。

――そういうことだ。おまえはおれたちの仲間だ。逃げるというなら、ここで斬り捨てる。おとなしくおれたちにしたがっていれば、おまえは金持ちになれるという寸法だ。しがない馬方なんかを務めていても、暮らしがよくなるわけじゃない。死ぬまで鼻くそのような禄《ろく》をもらってこき使われるだけだ。そんなことはもう懲り懲りだ。これはいままでおれたちが苦労してきた見返りの金だ。

荒井はそういって、盗んだ金箱をたたいた。

「舟は千住につけられ、それからわたしたちは橋戸町の旅籠に入りました。そこは御番所の手もまわらないところだから、当分は心配ないと二人はいいます。そして、早速金を勘定しました。すると千八百六十余両あることがわかりました。二人は喜色満面ですが、わたしはこんなことをして無事にすむのかと、そっちのほうが心配でなりませんでしたが、翌朝、五百両を目の前に積まれ……」

――おまえはこの金を盗まれないように見張っておれ。おれたちは残りの金を隠してくる。逃げるんじゃないぞ。逃げたらおまえだけでなく女房まであの世に行くことになる。

と、荒井が脅せば、

――もうおまえはおれたちの仲間なのだ。捕まったところでいい逃れはできぬ。舟を仕立て、合い鍵を造ったのだから。

伊佐山もそういう。

「そんなことがあり、結局わたしはあの二人のいいなりになるしかありませんでした」

大方を話し終えた文兵衛は、大きなため息をつき、がっくり肩を落とした。

二

「いまの話に嘘はないな」

十内は念を押すようにいって文兵衛を眺めた。

「嘘偽りはありません。もっとも、いざとなればあの二人がどういうかわかりませんが……」

十内は文兵衛の話を信じようと思った。また、文兵衛の目に偽りの色を感じなかった。

「つまり、おまえはすっかり騙されたというわけだ。それで、どこへ一年もの間隠れていたのだ?」

「栗橋宿《くりはし》です。そこで、小さな小間物屋を開きまして……」

「すると、隠した金を取りに江戸へ戻って来たというわけか」

そうだと、文兵衛はいった。

十内はしばらく宙の一点を見据えて腕を組んだ。

信濃高島藩は財政難にあえいでいる。父の話ではそうであったし、国許では一揆が起きていて高島藩は安定した状況ではない。もし、藩主である諏訪伊勢守忠恕が、幕府重要職に就くことができれば、少なからず藩は落ち着きを取り戻せる公算がある。さらには伊勢守忠恕に権勢欲や出世欲があるとすれば……いや、それがない大名はいないはずだ。

　すると、江戸藩邸で起きた不祥事を表沙汰にすれば、出世に響くことになる。自国を統治できない大名が幕閣入りできないのは当然のことであり、旗本の倅である十内はそのことをいやというほど、父の口から聞いている。

　つまり、諏訪家は江戸藩邸の金蔵が破られたことを秘し、ひそかに内偵を進めているということであろう。それゆえに町奉行所も、そのことを知らずにいるのだ。

　十内はそれらのことを忙しく頭のなかでまとめると、キラッと目を光らせて、文兵衛に視線を据えた。

「おまえは自分が追われているといったな。追っている者たちのことはわかるのか？」

「それが、よくはわかりませんで……」

「仲間の荒井清次郎はどこにいる？」

「あの人は追っ手に捕まりました。伊佐山さんも追われて、それから連絡が途絶えてしまいまして……」

「荒井が捕まったのはいつだ？」

「今朝のことです」

「伊佐山と連絡が取れなくなったのはいつからだ？」

「それは……三日ほど前です」

十内はまさかと思いはしたが、念のために服部洋之助からもらった似面絵を懐から出して、膝許に広げた。

「この男はおまえが借りていた店で殺されていた。見覚えは……」

十内が言葉を切ったのは、文兵衛が驚きに目をみはっていたからだ。知っているという顔つきだった。案の定、文兵衛は顔をあげて、

「これは伊佐山升蔵さんです。殺されたのですか……」

と、いった声はわずかにふるえていた。天気がすぐれないので、家のなかには行灯がともしてあるが、そのあかりを受けた文兵衛の顔は青ざめていた。

「すると、おまえたちを追っていた男たちは、荒井清次郎を責め立て金の在処《ありか》を聞きだしているかもしれぬ。おまえはその金の隠し場所を知っているか……」

「いいえ、それはわかりません。ただ、わたしは図面を持っています」

「図面……」

「荒井さんと伊佐山さんが金を隠した場所の地図です。これがそうです」

文兵衛は帯にしっかり挟み込んでいた紙を取りだした。きれいに畳まれた厚紙だった。文兵衛が丁寧に開くと、川と寺と通りだけが書かれていた。寺には「投込寺」、川のところには「おとなし」とあった。通りには何も書かれていない。

どこかわかるかと聞いたが、文兵衛は首を傾けた。

「ですが、金はお棺の下にあると聞いています。だから墓のなかだと思うんですが、それがどこかはわからないし、その墓には錠前がかかっているらしく、その鍵をわたしは預かっています」

文兵衛は帯の縫い目をひき裂き、そこに入っていた鍵を取りだして見せた。

「捕まった荒井もその鍵と地図を持っているのか？」

「地図は持っていますが、鍵は持っていません。伊佐山さんが追われるときに、わたしに逃げろといって、鍵を渡してくれたんです」

「それじゃおまえのその鍵がなければ、金を手にすることはできないということになるな」

追っ手が荒井清次郎を責め立てて金の在処を知ったとしても、鍵がなければ容易に金を手にすることはできないということだ。すると、追っ手はやはり文兵衛を血《ち》眼《まなこ》になって探すはずだ。

そう思った十内は、戸口に目を向けた。いまにもその追っ手が来るのではないかと思ったからだが、

「さとういり、きんときー。さとーいり、きんとき……」

と、のんびりした売り声をあげて歩く、金時売りの影が過ぎただけだった。

「おまえはお春に、もしものことがあったら女郎の小雪に会えといったらしいな。どうしてこんなことになったか小雪に聞けばわかると……。なぜ、小雪はおまえたちのことを知っていたのだ」

「それはわたしが、荒井さんと伊佐山さんがどこのどんな人であるか、ちゃんと小雪に話したからです。もし、わたしが殺されたとしても、そのことで下手人の手掛かりになると思ったから、お春にそういったんです。ただ、小雪は金蔵を破ったことは知りません」

「……すると、小雪を殺したのもその追っ手だったのかもしれねえな」

十内のつぶやきに、文兵衛は「えっ」と驚きの声を漏らした。

「小雪も殺されちまってんですか？」

「そうだ、下手人はわからないままだ。だが、こうなるとおまえの身も安泰ではないな。いつ、その追っ手がここに現れるかもしれぬ。伊豆屋源兵衛は甚五郎のことを知っている。つまり、勝八という男もこの家を知っているはずだ。遅かれ早かれ、ここに得体《えたい》の知れぬ輩《やから》が来るのは明らかだ」

「そ、それじゃ、ど、どうすれば……」

　文兵衛はますます青ざめた顔になった。

「文兵衛、おまえはお春に謝ったそうだな」

「はい、あいつには可哀想なことをしました。栗橋にいるときも、思いだすのはお春のことでした。我慢強い女で、大店《おおだな》の娘だというのに、気むずかしいあっしのことをよく聞く女房でしたから……。そりゃ、小雪という女郎にうつつをぬかしはしましたが、心を奪われたわけではありません」

「すると、もう一度やりなおしてみたいという気持ちがあると、そう申すか」

「こんなことになっちまってるんで、お春が許してくれるとは思いませんが……」

　十内は静かな眼差しを文兵衛に送ったあとで、甚五郎に顔を向けた。

「甚五郎、おまえには悪いが、文兵衛を匿《かくま》ってくれないか。この家ではまずいから、どこか適当なところがあればいいが、そんなところはないか。下手するとおまえまでとらわれてひどい目にあうかもしれぬ。しばらく文兵衛といっしょにいたほうがいい」

「それじゃ小網町に隠居しているあっしの親方がいます。独り身ですから、喜んで引き受けてくれるはずです」

それはどこだと訊ねると、甚五郎は詳しくその家のことを話した。

「よし、おまえたちはそこで、しばらく難を逃れているのだ」

「早乙女様は……」

「おれにはやることがある」

十内は差料を引きよせた。

三

「荒井、悪いようにはしない。考えなおすことだ」

左右衛門は荒井清次郎を静かに見つめた。

隠れ家の座敷で二人は向かい合っていた。雲行きがあやしくなっているので、家のなかは暗い。そのために行灯がともされている。

「おれはおまえを見込んでいる。手を組んで大きな仕事をするんだ」

疲れ切った荒井の顔がわずかにあげられた。縛《いまし》めはほどいてあるので、荒井は膝許の茶を口にした。

「大きな仕事ってえのは……」

「とある商家の金蔵に、一万両をくだらぬ小判がうなっている」

「一万両……」

荒井の目に針のような光が宿った。興味を示してはいるが、それでも猜疑《さいぎ》心《しん》が勝《まさ》っている。なんとか懐柔しようとしている左右衛門は、もう一押しだと思う。

「大きな仕事をするにはそれなりに元手がいる。荒井、おれはおまえのしぶとい根性が気に入った。なにより半日の拷問に耐えたのだ。口が堅いということはいいことだ。人間はそうでなくちゃならぬ。そうではないか……」

左右衛門はゆっくり茶を飲んだ。

「おれがしゃべったところで、文兵衛を見つけなきゃ、金は手にすることはできない。見えすいたことをいいやがって……」

ふんと、荒井は鼻を鳴らした。左右衛門はじわりとわきあがる怒りを抑え、わざと笑みを浮かべた。

「おれが信用できないとぬかすか……」

「信用しろというほうがおかしい。きさまは元〝犬〟だった男だ」

荒井はそういって、そばに控えている左右衛門の手下を眺めた。与三郎と喜市がいる。与三郎は平静を装っているが、喜市はでこの下にあるくぼんだ目に怒りを溜めていた。

「何とでもいえ。だが、おれは藩を裏切った男。それはきさまも同じだ。所詮、同じ穴の狢《むじな》ではないか。強情を張れば損をする」

「金を手にしたとたん、おれを殺す。おめえはそんな男だ」

荒井はあくまでも金の隠し場所をいわないつもりのようだ。しかし、懐に入れた地図があった。左右衛門はそれが金の隠し場所だと見当をつけ、千太郎と小助にたしかめに行かせている。そろそろその二人が帰ってきていいころだった。

「おまえが手を組むといえば、生かしておく。そもそも殺しはおれの性分に合わぬ」

「お為ごかしはうんざりだ。こうなったらおれも意地だ。きさまに殺されても、あの金は地獄に持って行く」

荒井はそういい放つと、ぐびりと茶を飲みほした。

左右衛門は奥歯を嚙んで、荒井を眺めた。この男はどうして折れない。何か勝ち目のあることを隠しているのか。左右衛門にはわからなくなった。だが、単なる強情かもしれない。死を恐れず意地を張りつづける人間もいる。左右衛門はそんな男を何人か知っていた。荒井もそんな人間かもしれない。そうだとすれば、懐柔するのは難しい。

(だが、こいつは何か切り札を持っている)

左右衛門はそう考えているのだった。その切り札は逃げている文兵衛か……。

「荒井、まあゆっくり話し合おうではないか。そうすればおれがどんな人間かわかってくるはずだ。疲れているだろう。飯を食って少し休め。喜市、何か作ってやれ」

　左右衛門が指図すると、喜市がこっちに来いと、居間のほうに顎をしゃくった。荒井は体の節々が痛むらしく、両手を使って立ちあがり、足を引きずりながら喜市のあとについていった。

「お頭、甘いんじゃ……」

　与三郎がすぐに口を開いた。

「ああいう手合いは刻をかけるしかない。いずれこっちになびくはずだ。それより、文兵衛を探さなきゃならぬ」

　左右衛門が遠くをにらむように見たとき、千太郎と小助が帰ってきた。二人はすぐに左右衛門のそばにやってくると、

「あの地図を頼りに見当をつけた寺がありました。そして、大方あれじゃねえかと思う墓がありました」

　千太郎だった。

「墓……」

「へえ、おそらくそうだと思うんですが、頑丈な錠前がついております。打ち壊そうとしても、これがえらく骨の折れることで、いくらやってもどうしようもありま

せん」

「石壁がありましてね。それを壊すのがまた厄介なんです」

小助だった。

二人とも急いできたらしく、汗をかいており、さかんに首筋をぬぐっていた。

「すると、鍵がいるということか……」

つぶやく左右衛門はそれが金の隠し場所なら、鍵を見つけなければならないと思う。だが、荒井はそんなものは持っていなかった。文兵衛が持っているのか……。

「じっとしているわけにいかん。文兵衛のことは藩の目付も追っている。先に捕まえられたらことだ。これから探しに行こう」

左右衛門は仲間を見た。

「与三郎、文兵衛が頼りそうな者が何人かいるな。そいつらを片端からあたっていく」

「荒井はどうします？」

「やつはまだ生かしておく。文兵衛がなにも知らなければ、やはり荒井の口から聞き出すしかない」

「それじゃすぐに」

「うむ」

うなずいた左右衛門は、千太郎に荒井を物置に縛りつけておけと指図して立ちあがった。

四

十内は伊豆屋の客座敷で待たされていた。

開け放ってある縁側の向こうに、小庭が見える。菖蒲の花が曇り空の下で揺れているが、そこに一条の光があたっていた。一雨来そうだと思っていたが、雲がゆっくり払われつつあった。

女中に出された茶に口をつけて、

(それにしても待たせやがる)

と、内心で毒づいた。

手代はすぐに帰ってくるといったのだが、もう半刻は待っているのだ。番頭の勝八の姿もないので、二人が会っているのではないかと思った。もっとも、二人が会って何かを示し合わせていても十内はいっこうにかまわない。

ふいに縁側が日の光を照り返し、大井を明るくした。そのとき、方の障子が開き、源兵衛が姿を現した。

「これはお待たせいたしました。何分《なにぶん》にも商売の話が長引きまして……」

源兵衛は腰を折りながらやってきて、十内と向かい合って座った。

「約束もせずに来たのはおれのほうだ。気にすることはない」

「何かわかりましたか？」

源兵衛が身を乗りだすようにして聞く。

「わかったことがいくつかある」

源兵衛の目に期待の色が込められた。

「これはおれの調べでわかったことだが、正直なことを話してもらいたい。そうでなければ、この仕事はうまく捗《はかど》らない」

「正直なこととは……はて……」

「おぬしはこの店の金が盗まれたといったが、じつはそんなことはなかったのではないか」

十内はぴたりと源兵衛に視線を据える。

「それは、またなぜそのようなこと……」

「盗まれたのは信濃高島藩の金蔵の金ではないのか」

遮っていった十内の言葉に、源兵衛の目が驚きに変わった。

「それも二百三十四両という金ではなく、千八百両あまり」

源兵衛の表情がかたくなった。

「そうなのだな。そして、それを盗んだのが文兵衛だった」

「…………」

「だが、文兵衛一人にできることではない。やつには仲間がいた。その仲間は諏訪家の家臣だった。当然諏訪家は動いている。さらに、文兵衛の足取りを追うために勝八という男を番頭に仕立てた。あやつも諏訪家の者であろう。ちがうか……」

源兵衛は顔色を失っていた。金魚のように口をぱくぱく動かし、それから視線を彷徨わせて、十内を見た。

「いったいどこでそんなことをお調べになったのです」

「おれのいっていることがちがうと申すか」

「それは……」

「源兵衛、隠し事はよせ。文兵衛を捕まえたかったら正直に話すことだ。それに、おれは文兵衛がどこにいるか、大方の見当をつけている」

「ほんとうでございますか」

源兵衛は畳に片手をついて身を乗りだしてきた。

「やつは今日明日にも押さえることができる。だが、それはおまえが正直に話をしてからのことだ。盗まれたのは店の金ではなく、諏訪家の金なのだな」

源兵衛はもじもじと尻を動かして下がり、弱ったなというふうに髪の薄い頭をかいた。

「すでに勝八にはそれとなく話してある」

源兵衛はえっと、驚いたような顔をした。

「おれを侮っていたのではないか。そこまで調べるとは思っていなかったと……。だが、おれは調べた。話せ。さもなくば文兵衛を捕まえることはできない」

「これは、どうも……弱りました」

「他言はせぬ。勝八にもことが片づくまで黙っている」

「それじゃお話しします。たしかにおっしゃるとおりです。番頭は勝八と名乗っていますが、おっしゃるとおりあの人は諏訪家のご家来で、ほんとうの名は大野勝八郎様とおっしゃいまして、御納戸役・北条時右衛門様の下役でございます」

「北条時右衛門というのは、この店を諏訪家の御用達に取りあげた男であるな」

「……まったく驚きです」

「なぜ、十日の日限りにした？　前にも聞いたと思うが、どうにも解せぬのだ」

「これまでも同じ頼み事をいたしましたが、どの方も真剣に動いてくださいませんでした。結局相手は前金をいただけば、それでいいといった按配で、だらだらと日ばかりたって埒が明きません。それで、前もって期限を決めておけば、少しはちがうのではないかと思っただけでございます。これは大野様のお考えだったのですが……」

「すると、文兵衛探しはおまえの一存ではなく、諏訪家の指図があってのことなのだな」

「申しわけもありません」

源兵衛はすっかり観念した顔で頭を下げた。

「謝礼の金も諏訪家から出るという寸法か……」

「さようで……」

「おまえの懐は一切痛まないということか。なるほど。さすが商売人だ。だが、それだけではないだろう。転んでもただでは起きないのが商売人。文兵衛を探したら、おまえはもっと得をすることがあるのではないか。例えば、諏訪家だけでなく他の大名家にも口を利いてもらい商売の手を広げられるとか……」

源兵衛は図星だったのか、ぽかんと口を開けた。

「だが、まあそれはおまえと諏訪家との駆け引きだ。おれはおまえに文兵衛を探してくれと頼まれた。だからそうするのみだ」

「さようです」

「諏訪家の金蔵が破られたとなると外聞が悪い。おまけに諏訪伊勢守は国をまとめるのに難儀しているようだ。そんなときに、藩の御用金が盗まれたとなれば、伊勢守は恥を曝すばかりでなく出世も難しくなる。ここは内々でことをすませておきたい。そんな思惑があったのだろうと推察する。だから御番所もこのことは知らない」

「まったくもって、早乙女様には頭が下がります」

「聞きたいことがある。文兵衛は何者かに追われている。おそらく諏訪家の目付だと思うが、そうなのだな」

十内はじっと源兵衛を見た。

「その辺のことはわたしにはわかりませんが、当然あって然《しか》るべきことだと思います」

(やはり、文兵衛を追っているのは藩目付だろう)

そう思う十内だが、藩の目付が文兵衛を捕らえるために女郎を殺したり、自分に闇討ちをかけてくるだろうかと、そのことが納得できない。その疑問を口にしても、源兵衛はわからないと首を振るだけだった。

「とにかく文兵衛は一両日中には捕まえる。そのあかつきには折り入って、また話をしたいことがある」

「なんでございましょう?」

「それはあとだ。だが、誤解するな。謝礼を増やせというのではない」

十内はそのまま腰をあげた。

伊豆屋の表に出ると、明るくなっていた。空をおおっていた雲はいつしか払われている。天気とは気まぐれなものだ。

（これで、藩の目付もおれに引きつけられるだろう）

十内は歩きながらそう思う。諏訪家の目付が接近してくれば、残っている疑問はもっとわかるはずだった。

五

「あ、あれは……」

声を漏らしたのは与三郎だった。

「どうした？」

左右衛門が訊ねると、与三郎が伊豆屋から出てきた侍を指ししめした。その侍の後ろ姿は堂々としている。背も高い。

「あの深編笠を被っているのは、長次を斬った野郎です」

「やつが……」

左右衛門は歩き去る男の背中を凝視した。目付ではない。少なくとも自分の知っている男に、あのような目付はいなかった。

（すると何者だ？）

左右衛門は伊豆屋の近くにある茶店の縁台から腰をあげた。

「尾けてみる。小助、おまえはここでお春を見張っているんだ。お春が外出をするようだったら、あとを尾けろ。ひょっとすると文兵衛に会うかもしれないからな」

「もし、そうだったらどうします」

「文兵衛を押さえて隠れ家に連れてゆけ。喜市、おまえは甚五郎の家を見張りに行け」

まかせてくれと、喜市が応じた。

左右衛門は与三郎を連れて、深編笠を被った男を追いはじめた。

十内は太吉の長屋にやってきたが、いつものように留守であった。その閉まった腰高障子に背を向けて、しばらく考えた。

文兵衛を追っているのは、高島藩の目付だけではないはずだ。それはおそらく、別の曲者でなければならない。自分に闇討ちをかけて来た者たちだ。

(あの秋吉又兵衛もその一味なのか……)

だとすれば、あのとき決着をつけておけばよかったと、赤坂でのことをかすかに悔やんだが、もうあとの祭りである。

しかし、その賊が文兵衛探しに躍起になっているのは明らか。賊はそのために、文兵衛の知り合いに近づくはずだ。甚五郎しかりであるが、こっちは先に手を打ったので、しばらくは問題ないだろう。そうなると賊は太吉に狙いを定めるはずだ。自分が賊だったらそうすると、十内は考えた。

二葉町の青物屋・八百吉に行くと、為作という倅に会うことができた。

「おまえは太吉の友達だな」

「へえ」

為作は小賢《こざか》しい顔つきをしているが、そのじつ気の弱そうな小柄な男だった。

「どうしても太吉に会わなければならない用がある。やつの行き先を知っていたら教えてくれないか」

為作は顎をさすってから、人にはいわないでくれと釘を刺した。太吉に会ったとしても、自分がいったとはいわないでほしいと。

「おまえのことは黙っている」

「葭町《よしちょう》の茶屋にいます。青菊楼という店です」

「陰間茶屋か……」

「へえ、用心棒みたいなことをやってんです」

陰間茶屋とは男色を好む客に、陰間と呼ばれる男を世話する店である。

「いまもそこだろうか」

「家にいなきゃ、そうだと思います。太吉さんにはその気はないんですが、稼ぎがいいらしいのでやっているんです。旦那、あっしがいったとはいわないでくださいよ」

為作は太吉を恐れているらしく、重ねて念を押した。

十内はそのまま葭町に向かった。葭町とは堀江六軒町《ほりえろつけんちょう》の俗称である。近くには江戸有数の芝居小屋である中村座や市村座があり、大小の芝居茶屋もある繁華な土地だ。賊がどこまで文兵衛のことを調べているかわからないが、太吉のことを知っていれば、必ず接近するはずである。

十内がそうやって動くのは、賊に捕まった荒井清次郎という男を救いたいからである。荒井がすでに殺されているなら無駄なことだが、文兵衛の罪を軽くするには、荒井清次郎の証言がなんとしてでも必要だ。


深編笠の男は江戸橋をわたったところだった。左右衛門と与三郎は十分な距離を取って尾行をつづけていた。気づかれている素振りはないし、左右衛門は昔取った杵柄《きねづか》で尾行には慣れている。

「それにしてもおかしなことではないか……」

左右衛門は先を歩く男から視線をそらさず、独り言のようにつぶやく。なんでしょうと、与三郎が顔を向けてくる。

「あの男は伊豆屋から出てきた。それに妙なところでおまえたちに会っている。どう考えても文兵衛を探しているとしか思えないが、やつは目付ではない」

「だったら何もんでしょう？　旗本屋敷にも出入りしていますし……」

「わからないが、町方でもないはずだ。とにかく様子を見よう」

左右衛門が尾ける男は、照降町《てりふりちょう》を過ぎ、親父橋《おやじばし》をわたると急に足をゆるめた。あちこちに視線を向けて、何かを探しているふうである。そこは葭町の町屋だった。左右衛門はそこがどういう場所であるかわかっている。

「いったい何をしているんだ」

疑問をつぶやくが、与三郎は答えない。

と、深編笠の男の足が早くなった。めあての店を見つけたようだ。だが、その店に立ち寄る素振りはなく、近くの蕎麦屋に入っていった。

左右衛門はその蕎麦屋の前を素通りした。一瞬、男の顔が見えた。格子窓のそばに座って、表に目を向けていたのだ。

左右衛門は通りすぎて背後を振り返った。男はどこかを見張っているようである。ひょっとしてこの近くに文兵衛が隠れているのか……。

左右衛門は表情を引き締めて、通りにある店を一軒一軒たしかめるように見ていった。

「お頭、まわりくどいことはやめて……」

与三郎が言葉を切ったのは、一軒の店から知っている男が出てきたからだった。

左右衛門もそれと気づいていた。文兵衛の友達の太吉という男だ。

「与三郎、あの野郎こんなところにいやがった」

左右衛門の声に、与三郎が「へえ」と答える。

「あの編笠の男も太吉を探しているってことだ」

「つまり、それは文兵衛を探しているってことじゃ……」

左右衛門は与三郎の言葉を無視して、様子を見ようといって近くの庇の下に身を隠した。案の定だった。蕎麦屋から男が出てきて、店に戻ろうとした太吉を呼び止めた。

太吉の店には青菊楼という看板が出ていた。料理茶屋に見えるが、じつのところ陰間茶屋である。

「なんですか。いつかのなんとかってお侍じゃありませんか」

太吉はばつが悪そうな顔をした。おそらく陰間茶屋ではたらいているのを知られたくなかったのだろう。

「その蕎麦屋で飯を食っていたら、たまたまおまえを見たのだ」

十内は適当なことをいって、言葉を継いだ。

「つかぬことを訊ねるが、おまえを訪ねてきた男がいなかったか？」

「おれをですか……。さあ、そんな男はいませんよ」

「最近のことではなく、一月前か、もっと前のことかもしれないが、文兵衛のことを聞きに来た者がいると思うがどうだ」

太吉はしばらく考える目をして、口を開いた。

「いつだったか忘れましたが、一人いました。どこへ行ったか行き先を知らないかとぬかすんです。おれは知りもしねえし、あの野郎はぷいと女房を置いて神隠しにあったように消えちまったんだから、わからないといいましたよ。するとそのまま挨拶もしねえで帰っていったんで、胸糞の悪い野郎だなと思いましたが……」

「文兵衛はおまえがこの店ではたらいているのは知っているのか？」

「知りっこないですよ。ですが旦那、おれは客の相手をしているんじゃありませんからね。質の悪い客に目を光らせているだけです」

「そうだろうな。とにかく文兵衛がこの店を知らないとわかっただけでいい。それで、おまえはいつ家に帰るんだ」

「まあ適当です。明日でも明後日でもいいんですが、この店は昼夜関係なく客が来ますからめったに休めないんです」

「そうであったか。……邪魔をしたな」

十内が背を向けると、太吉の声が追いかけてきた。

「文兵衛の野郎、いったい何をしやがったんです」

聞こえていたが、十内は答えずに来た道を後戻りした。文兵衛が青菊楼を知らなければ、やはり甚五郎の家を見張ることを優先すべきだろう。

十内がそう思った矢先のことだった。

六

「おい、そこの……」

と、声がかけられたのだ。

それは親父橋の手前だった。十内が振り向くと、二人の男が立っていた。一人は鷲鼻《わしばな》どこかで見たような気がしたが、思いだせない。もう一人は初めて見る顔だ。

に薄い唇、長細い吊り目の男だ。二人とも二本差しの侍だが、鷲鼻のほうは身なりがいい。もう一人は崩れた身なりである。

「何用だ?」

「きさま、太吉に何を聞きにいった?」

聞いてくるのは身なりの崩れた男だ。右目の横に大きな黒子《ほくろ》がある。

「何をと……。それはおれの勝手だ。いちいち他人に教えることではない」

「町方には見えないが、どこの何もんだ?」

「これはずいぶんと荒っぽいことを聞きやがる。見も知らぬ他人からいきなりどこの何もんだとは、無礼千万」

黒子男は眉間にしわをよせた。鷲鼻は鷹揚《おうよう》に構えているが、十内はこっちのほうが質が悪いと見た。その鷲鼻が口を開いた。

「少し聞きたいことがある。付き合ってくれ」

鷲鼻はそういって、人通りを避けるように東堀留川の河岸道に足を進めた。十内はあとにしたがった。鷲鼻は蔵地と蔵地の間にある道に入って立ち止まった。その先は船着場になっていた。両側は蔵の壁である。

「……文兵衛のことを知っているな」

鷲鼻の目つきが変わっていた。その身に殺気さえ漂わせる。雲が日を遮って、あたりが翳った。

「知っていたらどうする？」

「なぜ、文兵衛を探しまわっている」

「誰がそうだといった。きさまら、まさかおれを襲った賊の一味では……」

十内は途中で声を呑んで、後ろに跳びのいた。鷲鼻がいきなり抜刀したからだった。黒子男も刀を抜いた。十内は腰を落とし、柄に手をやって身構えている。

「そんな派手な帯をする町方はいない。かといって、藩の者でもないはずだ」

十内は鷲鼻の言葉に目を細めた。こいつらは文兵衛が金を盗んだことを知っているのだ。

「きさまら、荒井清次郎と伊佐山升蔵という男も知っているな。伊佐山は殺されていたが……」

「やはり、きさまは邪魔者だ」

鷲鼻がじりじりと間合いを詰めてくる。なかなかの手練《てだ》れだとわかる。

「山根長次という男の仲間ってわけか」

「やつはどうした。死んだのか？」

黒子男だった。すると、あのとき山根といっしょにいたのはこの男だったのだ。だんだんと、二人の正体がわかってきた。

「やつから話を聞いたんだな」

十内は答えなかった。答えるつもりもなかった。黒子男が先に撃ちかかってきた。十内は摺り足を使って一度さがったが、即座に反撃に移った。肩を狙って撃ち込んできた相手の剣筋を左へ跳んでかわすなり、小手を返して脾腹《ひばら》を撃ちたたいたのだ。

「うぐッ……」

黒子男はたたらを踏んで、刀を杖《つえ》にして持ちこたえたが、それは長くつづかなかった。

「お、頭……」

そう口にしただけでどさりと倒れてしまった。

鷲鼻はそれには目もくれず、早いすり足で間合いを詰めてきた。腰を据えた姿勢を崩さないその動きは、すいっと動くみずすましのようであった。十内はそろりと右足を引きよせて爪先立ち、その足に体重をのせた。気に撃って出ることができる。

だが、鷲鼻は一定の間合いを取ると、足を交叉《こうさ》させながらゆっくり横に動きはじめた。相手を翻弄《ほんろう》する足運びである。十内は剣尖を相手の胸に向けたまま、円を描くように動く。

「できるな……」

鷲鼻がつぶやく。十内は無言のまま隙を窺う。

雲に隠れていた日が現れたらしく、あたりが明るくなり、二人の影ができた。蔵の白壁が日をはじき返し、鷲鼻の顔を照らした。刹那、鷲鼻が腰間《ようかん》から刀をすくいあげるように振りあげてきた。

十内は一尺ほどさがってかわしたが、鷲鼻は刀を振りあげざまに小手を返し、迅速の早業で袈裟懸けに斬り込んできた。これには十内も冷や汗をかいた。相手の刀を受けることもできず、体勢を崩して逃げるしかなかった。そこへ追い打ちの太刀が襲いかかってきた。

十内は片膝をついたまま、刀の棟で鷲鼻の太刀を受けた。鋼のぶつかる音が耳朶《じだ》に響いた。十内は間髪を容れずに体をひねりながら、鷲鼻を左に送り込んで、中段から刀を横に払った。

はっと、鷲鼻の顔に驚きが刷かれた。十内の刀の切っ先が鷲鼻の袖を断ち切っていたのだ。鷲鼻はそのことで大きくさがると、一度仲間を見てから、くるっときびすを返すなり駆け去っていった。

十内は鷲鼻を追わずに見送ってから、さっき倒した男の後ろ襟をつかんで頭を持ちあげた。まだ死んではいない。荒い息をしているだけだ。

「おまえたちだな、荒井清次郎と文兵衛を襲ったのは。荒井はどこにいる。いえ」

十内は男の首に冷たい刃をぴたりとつけた。男の顔が恐怖に引き攣《つ》った。

「いいたくなければ、このまま刀を横に引くだけだ」

「だ、大根畑だ」

「大根畑……」

すぐに本郷新町屋だと思った。

「大根畑のどこだ」

「助けてくれるか」

「いえば殺しはしない」

男は詳しい隠れ家の場所を口にした。

「嘘ではなかろうな」

「ほ、ほんとだ。殺さないでくれ」

「さっきの男は何者だ？」

「比婆山の、左右衛門さんだ。高島藩の、元徒目付だった……。こ、殺すな」

そのとき、背後でキャアーという女の悲鳴がした。十内はさっと振り返ってから、男に顔を戻した。

「死ぬような傷ではない。誰かに助けてもらえ」

十内はそういうなり、刀を鞘に納めて表通りに足を急がせた。

七

そのころ、秋吉又兵衛は伊豆屋の番頭になりすましていた大野勝八郎とともに、北山喜市を取り押さえていた。甚五郎の家の近くだった。

「きさまも盗人《ぬすっと》に成り下がっていたか」

勝八郎は喜市の首根っこを膝で押さえつけたままなじった。

「誰がきさまらを指図している。この期《ご》に及んでいい逃れはできぬぞ」

「どうか、ご勘弁を。あっしらは比婆山の左右衛門さんに誘われただけです」

「比婆山だと……」

つぶやくようにいったのは秋吉だった。すぐに近藤左右衛門のことだと知れた。

「あやつがおまえたちを仕切っていたのか。なるほど……」

秋吉はこれで納得がいった。左右衛門なら藩内の動きに通じている。当然、外に漏らしてはならない藩内の不祥事も耳に入っているはずだ。何より左右衛門は秋吉の下役を務めていた男である。もう三年ほど前に職を辞し、行方をくらましていた男だ。風の噂ではあったが、盗賊になったという話も耳にしている。

「すると伊佐山升蔵を殺したのもおまえたちの仲間だったのだな」

「あれは山根長次がやったんです。ですが、長次もわけのわからぬ浪人に斬られまして……」

「斬ったのはおそらく早乙女十内でしょう」

いったのは勝八郎だった。

「喜市、すると赤坂の小雪という女郎を殺したのもおまえたちだったのだな。小雪は文兵衛が贔屓にしていた女郎だった。つまり、おまえたちは荒井らが盗んだ金を奪い取ろうと考え、小雪の口から行き先を聞きだそうとしたのだな」

秋吉は勝八郎に押さえられている喜市を見下ろした。

「あっしが手をかけたんじゃありません。あれは与三郎の野郎が……」

「田中与三郎のことか。あやつも左右衛門の仲間になっていたとは……。仲間は他に誰がいる？」

喜市は佐々倉小助と飯干千太郎の名を口にした。二人とも足軽だった男である。

「他にはいないのだな」

喜市はいないといった。すると左右衛門を入れて、五人ということになる。

「左右衛門はどこにいる？」

「文兵衛を探しています」

秋吉は勝八郎と短く顔を見交わして、

「荒井はどこにいる？」

と喜市に聞いた。

「荒井は隠れ家に縛りつけてあります」

「その隠れ家はどこだ?」

喜市は命乞いをしながら大根畑の隠れ家を正直に話した。

「勝八郎、おまえはこやつを藩邸に連れてゆけ。おれは左右衛門の隠れ家に乗り込む」

「一人で大丈夫ですか?」

「心配するな」

秋吉はそのまま大根畑に向かった。


日の落ちかかった西の空には、わずかな夕焼けの雲が見られるだけだった。東の空には白い半月が浮かんでいる。雨月だ。

十内は神田明神前のゆるやかな坂道を上っていた。すれちがう職人たちがみな揃ったように道具箱を肩に担いでいる。近所に普請場があるらしく、そこの大工たちだった。

下城してきた侍の一団が十内の後ろからやってくる。さらに前のほうからにぎやかにおしゃべりをしながら、若い娘たちが歩いてくる。十内は深編笠のなかから娘たちを品定めするように見て、樹木谷《じゅもくだに》に折れた。大根畑はその先にある町屋の一画だ。

左右衛門は十内に斬られた着物を脱ぎ捨て、新しい小袖を着込んだところだった。物置に監禁されている荒井清次郎はおとなしくしている。あまりにも静かなので逃げたのではないかと思ったが、そうではなかった。がんじがらめに縛りつけられ、転がされていた。

「何かわかったか」

と、拘束されている荒井は聞いてきたが、左右衛門は何も答えずに戸を閉めた。キュッと帯を締めて、着替え終えたときに小助が息せき切って飛び込んできた。

「伊豆屋の見張りはどうした？」

「それが、喜市が藩の目付に捕まったんです。まさかと思っていたんですが、やつは藩邸に連れて行かれました」

「大野勝八郎さんです」

左右衛門は目を険しくした。

「喜市を連れていったのは、大野勝八郎さんです」

「大野が……」

つぶやいた左右衛門はどういうことだと思った。大野は目付ではない。御納戸頭・北条時右衛門の下役だ。下役といっても時右衛門に才を買われている組頭だった。

「与三郎はどうしたんです?」

「あいつは斬られた」

「えっ……」

「詳しい話はあとだ。とにかく妙な具合になってきた。目付でも町方でもない男が動いている。与三郎と長次が闇討ちをかけてしくじった相手だ」

「何もんなんです?」

小助は荒い呼吸をしながら汗をぬぐった。

「わからぬ。だが、こうなったら文兵衛探しは二の次だ。荒井を責める。白状しなきゃ始末するだけだ」

左右衛門は苛立たしげにいって、言葉を継いだ。

「やつを連れてこい。物置に転がっている」

左右衛門が襷をかけたとき、今度は千太郎が戻って来た。

「お帰りでしたか。文兵衛は見つかりましたか？」

「文兵衛探しはあとまわしだ。先に荒井の口を割らせる。どうも分が悪くなっている」

「どういうことで？」

「いいから荒井を……」

左右衛門は表に人の気配を感じて、さっと目を向けた。夕闇の迫った表に、さっき戦ったばかりの男が立っていた。深編笠の陰にある目をまっすぐ向けてくる。与三郎からここのことを聞きだしたのだ。

「きさま……」

左右衛門はそういうなり、刀をつかんだ。

「千太郎、小助。荒井のことはあとだ。邪魔が入った」

八

　表に立っていた十内は、さらりと刀を抜いた。真っ先に表に飛びだしてきたのは、鼻の低い平べったい顔をしている男だった。遅れて受け口をした男が出てきた。

「おまえたち雑魚に用はない」

　十内は二人に警告をして、

「荒井清次郎がいるな。おとなしく引き渡してもらおう」

と、左右衛門を見ていった。

「きさま、いったい何もんだ？」

「おれはよろず屋稼業をしている早乙女十内。伊豆屋からの相談を受けて動いている。だが、その背後には信濃高島藩がある。そこまでいえば大方察しはつくだろう、悪党」

　十内の言葉に左右衛門は顔を紅潮させて、怒鳴るような声を発した。

「斬れッ」

いきなり受け口が斬りかかってきた。

十内は被っていた深編笠を素早く脱ぐと、相手に向かって投げた。相手が怯《ひる》んだところで刀を右に打ち払い、返す刀で腕を斬り飛ばした。

「うぎゃー」

悲鳴と同時に、切断された片腕が血の条《すじ》を引きながら宙を飛び、ぼとっと大地に落ちた。それを見たもう一人が怯んだが、勇を鼓舞して斬りかかってきた。

十内は刀をすりあげると同時に相手の股間を蹴った。実戦では蹴りも投げ技もなんでもありだ。

「うぐっ……」

隙をつかれて股間を蹴られた男は、腰を曲げて後ろにさがった。だが、十内は追い討ちをかけて、脇腹をたたき斬った。

「あわっ」

男は股間を押さえながら横に倒れ、斬られた自分の腹を見た。どくどくとあふれ出る血が大地を染めている。雑木林のなかで、鴉が鳴き騒ぎ、バタバタと羽音をさせて杉の木の上に止まった。日は薄れつつある。もうあたりは薄闇といってよかった。

「荒井を渡せ。無用な斬り合いはしたくない」

「きさまはおれの仲間を二人も斬っているのだ。勝手なことをぬかしやがって……」

左右衛門はさっと、裸足《はだし》のまま土間に飛び下り、ゆっくりと表に出てきた。足の運びはやはり尋常ではない。

十内は八相に構えなおした。すると左右衛門は右肩に刀の棟を預け、右にまわりはじめた。翳りゆく日がその姿を黒く見せる。十内は八相から青眼の構えに変えて、間合いを詰めた。左右衛門は同じ変則の構えで、隙を窺っている。

十内が後ろに下げていた利き足を引きよせたとき、左右衛門の剣が雷電の速さでのびてきた。その剣先を左に払って、懐に飛び込もうとした十内だったが、ふいに左右衛門の姿が視界から消えた。

はっとなって横を見ると、胴を薙ぎ払いに来る。十内は一足飛びで後ろにさがり、かろうじてかわした。そのまま右にまわり、間合いを詰める。真剣での戦いは竹刀を使っての試合と違い、無闇に撃ち合うことはできない。

ほんのわずかの隙が命取りになるし、小指一本でも傷つけられれば、それで不利になる。

二人は間合い二間まで迫って立ち止まり、にらみ合った。ひと呼吸がとてつもなく長く感じられる。十内は足の指で地面を噛み、右の踵を少し浮かす。対する左右衛門はじわりとつかんでいる柄をにぎりなおす。まばたきひとつせず、息を止めたまま剣先をぴくりと動かした。それに反応した十内の剣先もぴくりと動く。

張りつめた空気が両者の間にあった。ゆるやかな風が、小鬢《こびん》のほつれ毛を揺らす。

「助太刀する」

それは突然の声だった。

十内が見ると、それは秋吉又兵衛だった。その隙をつくように左右衛門が逆袈裟に刀を振ってきた。十内は横に跳んでかわし、

「助太刀無用。それより、家のなかに荒井がいる。そっちを頼む」

といって、左右衛門への間合いを詰めた。

秋吉は刀を抜いたままその場を離れなかった。

「近藤、きさまの魂胆は何もかもわかった。無事にすむと思うな」

左右衛門は答えなかった。ちらりと秋吉を見ただけで、十内の攻撃に最大限の注意を払っていた。

左右衛門が歩み足を使って一挙に間合いを詰めてきた。と、下段に構えた刀をすくいあげてきた。十内は体をさばいて応じ返し、パッと離れた。

そのとき下段からの攻撃が牽制《けんせい》であるとわかった。同時に左右衛門が振りあげた刀を頭上で返し、袈裟懸けに斬ってきた。これが決め技なのだと見切った十内は、もう一度体をさばいて、右に動くなり体を沈み込ませながら刀を横薙ぎに振った。

どすっと、肉をたたく音がして、左右衛門の動きが止まった。十内は残心《ざんしん》を取ったまましばらく動かなかった。雑木林を風が騒がせ、鴉が飛びたつと、左右衛門の体がゆらりと動いた。そのまま たたらを踏み、どさりと大地に倒れた。土埃が舞いあがり、血潮を吸う暗い地面に下りていった。

「秋吉又兵衛殿と申したな。おぬしは諏訪家の目付であるか？」

十内は懐紙で刀を拭いてから、鞘に納めた。

「いかにも」

「そうだったか。とにかく荒井を」

十内と秋吉は家のなかに入って、物置に監禁されていた荒井清次郎を見つけた。

九

荒井を引き立てた秋吉は、文兵衛も押さえるといった。もちろん、そのことに十内は逆らうことはできない。そのまま甚五郎が匿っている家に足を向けたが、途中で自宅に立ち寄った。お春のことが気になっていたからだ。

「すべては終わった。文兵衛もこれから調べを受けなければならない」

十内があらましを話すと、わずかにお春の顔が曇った。

「いかがした」

「やはりあの人は罰を受けるのですね」

「……やむを得ぬだろう」

そのとき、お夕がそばにやってきて、

「早乙女さん、なんとかならないかしら。お春さんは文兵衛さんとやりなおしてもいいといっているのよ」

十内はお春を見た。

「……あの人が改心してくれるなら、わたしはそれでいいと思います。今朝、あの人のいったことをよくよく考えると、嘘ではないと思うのです。でも、裁きを受けなければならないんですね」

「……それは本心か？」

十内はお春を見つめた。

「嘘ではありません」

「ねえ、早乙女さん力を貸してやってよ。こういうときこそ頼りになるのが男じゃないの」

そういうのは由梨だった。十内はため息をつくしかなかった。

「一応話してはみる」

気休めとわかっていたが、他に言葉は見つからなかった。

そのまま秋吉の待つ表に戻ると、文兵衛が匿われている家に向かった。その間、十内は一言もしゃべらなかった。ずっとお春のことを考えていた。

文兵衛を確保した秋吉は、十内に助を頼んだ。一人で荒井と文兵衛を藩邸に連れてゆくには不安があるのだ。もちろん十内は求めに応じた。

　文兵衛はすっかり観念して夜道を歩いた。料理屋や居酒屋の前を通ると、楽しげな声が聞かれた。笑い声に三味線の音……。十内はときどき文兵衛を見たが、しょげたようにうつむいて歩くだけだった。

　やがて高島藩上屋敷の門前についた。門番が屋敷内に駆け込んでゆくと、すぐに五、六人の藩士がやってきた。文兵衛と荒井はその侍たちに引き立てられ、屋敷のなかに連れてゆかれた。

「早乙女殿、世話になった。そなたのことは赤坂で会った明くる日に、大野より聞いた。あの節は無礼をはたらいてしまったが許せ」

「しかたないことでしょう。おれが何者かわからなかったのですから。それより、文兵衛がいた店で伊佐山升蔵が殺されたとき、駆けつけてきた三人の男がいましたが、あれはひょっとして秋吉さんたちだったのでは……」

　秋吉は少し考える目つきになって、

「すると、あの店に早乙女殿もいたと申すか」

と、意外そうな顔をした。

「文兵衛探しの手掛かりがあるかもしれないと思って忍び込んでいたんです。まあ、それはさておき、ちょいと頼みがあります」

「なんだ?」

「文兵衛のことです。調べればわかるはずですが、やつはまんまと荒井たちにはめられたのです。何とか文兵衛に目こぼしをしてもらいたいんですが……」

「それは拙者の一存では……」

「そこをなんとか頼むのです。おれは此度《こたび》の騒ぎの一部始終を知っています。もちろん謝礼の金を受け取ってそれですますこともできますが、文兵衛に目こぼしがなければ、諏訪家の騒ぎをあちこちでいいふらすかもしれない」

「きさま、脅す気か……」

「そのつもりはありませんが、諏訪のお殿様はこのことを内聞にしておきたいはず。悪党の片棒を担がされた文兵衛に咎があるとは思えない。おれはそう思うだけです。まあ、諏訪家の先行きを考えれば、職人の一人ぐらいどうとでもなるのではありませんか。それに文兵衛が今度の件をおおっぴらにいい立てるとはとても思えない。いえば、自分の恥を曝すことになるんですからね。その辺のところうまく取りはからってもらえれば、お家安泰ということになるんじゃありませんか」

秋吉は苦渋の色を顔に浮かべていたが、

「どうなるかわからぬが、大目付にその旨話はしてみる」

と、いって背を向けた。

十内は秋吉を見送ってから、来た道を戻った。夕方見た月が、南の空に浮かんでいた。まっすぐのびる道はその月明かりに照らされていた。

しばらく行ったところで、一人の女が道の真ん中に現れた。

「お春……」

つぶやくと、お春がつっっと近づいてきた。

「あの人はやはり罰を受けるのでしょうか」

お春の大きな目が月光を照り返していた。

「わからぬ。だが、日こぼしを受けられるかもしれぬ」

お春は息を詰めたような顔をしていた。

「訊ねるが、本気で文兵衛とやりなおしてもいいと思っているのか？」

「あの人はできることなら一からやりなおしたいといってくれました。あの言葉に嘘はないと思うのです」

「まだ未練があると……」

お春は足許に視線を落とした。

「一度添った人です。あっさりあきらめることはできません。でも、さっき見たのが見納めになるのかもしれないと、そう思いもしますが……」

声を詰まらせていったお春の目から、一条の涙が頰をつたった。なんと純情な女なのだろうか。十内はそう思わずにいられなかった。

「ただ、家を離れたいがためにそう思うのではないな」

「決してそんなことではありません」

お春はさっと顔を振りあげて、唇を引き結んだ。

「だったらその思いが通じて、目こぼしを受けられるかもしれない。まだあきらめるのは早い。送ってまいろう」

十内は源兵衛から謝礼を受け取る用もあった。二人は無言で歩いた。その沈黙をいやがるように、先に口を開いたのは十内だった。

「明るい月夜だな。半月だというのに……」

「雨月ですね」

つぶやくようにいったお春が月を見あげた。

「そう、雨月だ。お春、そなたの親に対する気持ちはわかるが、恨んではならぬ。嫌いになることもあるだろうが血のつながった親と子だ。いずれわかりあえることもあるはずだ」

「はい、わたしもそう思います。それに……」

「なんだ？」

「このごろ妙におっかさんがやさしくなったのです。おとっつぁんも、じつはわたしのことを見捨ててはいないのだと思います。今日、お夕さんと由梨さんにそんなことをいわれたのです」

「あいつらが……」

「はい。楽しい人たちですが、わたしの悩みをよく聞いてくださいました」

（ほう、これは意外なことだ）

そう思った十内は、由梨とお夕の顔を思い浮かべた。ときにあいつらも役に立つのだと感心もする。

「……とにかく文兵衛のことはしばらく待つしかない。だが、おれは悪い知らせはないと信じている」

「わたしもそのことを信じます」

無表情だったお春の口許にやわらかな笑みが浮かんだ。十内は確信していた。秋吉にいったことは、きっと受け入れられると。それに文兵衛はある意味被害者である。目こぼしを受けてもおかしくはなかった。

十内とお春は雨月に照らされた道を歩きつづけた。

この作品は書き下ろしです。

よろず屋《や》稼《か》業《ぎょう》　早《さ》乙《おと》女《め》十内《じゅうない》(一)

雨月《うげつ》の道《みち》

稲葉《いなば》稔《みのる》

平成23年6月10日　初版発行
平成27年5月30日　4版発行

発行人――石原正康
編集人――永島賞二
発行所――株式会社幻冬舎
〒151-0051東京都渋谷区千駄ヶ谷4-9-7
電話　03(5411)6222(営業)
03(5411)6211(編集)
振替00120-8-767643
印刷・製本―図書印刷株式会社
装丁者――高橋雅之

幻冬舎時代小説文庫

ISBN978-4-344-41691-8　C0193　い-34-4

幻冬舎ホームページアドレス　http://www.gentosha.co.jp/
この本に関するご意見・ご感想をメールでお寄せいただく場合は、
comment@gentosha.co.jpまで。